陳漱意 著

法拉盛的紅玫瑰

緣起不滅
——序《法拉盛的紅玫瑰》

陳克華

記不得多少年前了，起碼三十年，我竟然擔任過國內一次獎金空前優沃的長篇小說獎決選評審。雖然自己創作範圍品類繁多，但自認擅長是詩，那時期小說也只出版過兩本短篇，擔任評審實在心虛。憑藉的不過是心中文藝品味通用的那把尺。無論是詩、散文還是小說，鍛鍊過的這把尺，也都還是管用的。

高額獎金的誘惑下，競爭自然激烈，導致評審過程中評審們各擁青睞的作品，唇槍舌戰，你來我往，不但僵持不下且絲毫不讓，後來甚至還傳出分黨結派（評審總共也才不過個位數，還扣除我這個無黨無派），私下交換選票（這是事後才聽說的謠言，無法証真或証偽）。總之幾輪投票過程之高潮起伏，峰回路轉，詭譎多變，出人意表，在我歷年多次評審經驗中，可謂無出其右者。

入選作品其中我最支持得獎的，是一篇發生在美國墓園裡的故事。很顯然是位久居美國的作者。所謂人情練達即文章，寫實小說講究的畢竟是人性的深度。深度之外，加上文筆清麗順暢，文字細膩入微，尤其長篇小說裡最難得的，是通篇毫無贅筆，一氣呵成。而且少了中文小說普遍過度側重情節推展，而少深入情境描繪的缺點。

而這樣一篇通篇和死亡掛勾的優秀小說，在眾多入選作品中顯然屬於冷門，既不鄉土也不前衛，難得多數評審好感，在票數上陷入苦戰。而記憶中，我最後支持了這篇小說。

後來公布作者名單，我因此記住了「陳漱意」這個名字。但也就僅只是這樣。沒有再讀過這位作者任何其他作品。

而卅年（？）後網路無遠弗屆的今天，神奇的事多到早已見怪不怪，也應證了佛家說的緣起不滅，多年後我竟然和陳漱意又通上了 email，接著加了 line。接著收到為她新書寫序的任務。這其間中斷的卅年，彼此走著互不相干的人生行路，我一邊行醫一邊繼續寫詩、出版、寫詩、再出版，像母雞下蛋一樣，而久居美國的漱意顯然就愛惜羽毛多了。

「創作不輟」這四個字原可褒可貶，用在漱意身上，除了欣賞讚佩，還有「難得」二字。這本《法拉盛的紅玫瑰》其中作品創作年代之長遠，一個人都快可以生個孫子了。但處處可見作者一以貫之的「小說家本色」。從題材的選擇到呈現的筆法。詩人遙望宇宙最深處的星光，小說家目光卻遍灑人間，試圖在筆下讓他關注的世人都發光，也讓讀者都看見這光。個人以為書中「羅剛殺人」一篇藝術成就最高，將濺血悲劇釀成之前的人物心理轉折和情緒堆疊，表現得淋漓盡致，叫人懷疑作者原是個「他心通」，藉由寫小說練成了曠世神功。

從小就常聽說一句話，「時間是最好的考驗」，而陳漱意的這本小說集，無論在出現的時間點，或是內容及技巧的突破和超越，我都只能說，她真的通過了時間的考驗！

是為序。

二〇二三年七月十一日

目次

法拉盛的紅玫瑰

1.

她的英文名字叫玫瑰。玫瑰在漫長的冬天裡，經常穿一件鮮紅大衣，映著天寒地凍的街市，顯得特別豔麗。玫瑰的先生大偉老遠地望著她，忽然大聲說：「我們的夜店就叫紅玫瑰！」

二〇一九年特別繁榮的經濟，使大偉決定再開一家夜店。那時候萬沒有料到，二〇二〇年全球瘟疫蔓延，世界各地開始鎖國、封城。三月，COVID 病毒在紐約炸開，全面施行禁足令，致使經濟遽然萎縮。二〇一九這一年，因此成為兩個社會的分水嶺。精明如大偉這位哥大商學院畢業的高材生，再如何眼光獨到，還是人算不如天算。

夜店地點設在紐約市皇后區的法拉盛，緬街上一條橫巷裡。窄且短的街道上充斥著南北餐館、雜貨鋪、日本麵館、旅行社、酒鋪和來來往往以華人為主的行人。那個擁擠熱鬧的鮮活勁，是曼哈頓此等大地方所沒有的。

經過近半年的籌畫，二〇一九年十月裡的一日，「紅玫瑰」終於開張。大偉和他的兩位股東，一個是大偉在哥大商學院的同學關君，兩人同為亞裔。另外一位是馬修，念英國文學，猶太人。三人難得同時露臉。

十年前他們畢業後，一起在紐約的曼哈頓和布魯克林前後開了三家夜店，生意紅火。馬修在校期間，經常在夜店裡彈吉他，他們的三家夜店都是馬修找來的。大偉為了酬謝他找來夜店地點的功勞，特別給他一個乾股，讓馬修成為合作夥伴，也讓法拉盛這家夜店由玫瑰和馬修打理。

玫瑰邀請來附近的街坊鄰居，和她之前在市政廳上班的同事，也有幾位在健身院認識的朋友，於是，這個不對外營業的開張第一日，亞裔、老美各半地齊聚一堂。調酒師露露是美、日混血，半邊頭髮染成粉紅色，半邊染成淺藍色。玫瑰見到關君把一張二十元鈔票，塞入露露緊身衣裡面的雙乳間。玫瑰微微一愣，實在也想不出在露露身上，還有哪個地方可以塞那張鈔票。總不能像她小時看過的工人，把鉛筆夾在耳朵上。鈔票如果夾在露露的耳朵上，會不會像在嬌美的容顏上開出一朵鈔票花？

玫瑰掃過一眼坐在吧檯前和分站四處，三五成群啃雞翅、吃招牌下酒菜夾肉餅、溏心蛋，喝酒聊天的故舊新知，看出大偉和關君已經喝醉了。

馬修忽然來到玫瑰身邊說：「門口有個警察，我去看看有什麼事情。」

玫瑰手裡端著酒杯，也跟過去，見一個警察一隻手插在腰間，佇立在那裡，那隻手的位置顯然最接近他的手槍。但當他一眼見到玫瑰，卻再也沒有把視線移開過。他深沉的灰藍色雙眼裡半帶笑，勾魂攝魄地盯住身材妖嬈且面貌姣好的玫瑰。

玫瑰被他看得大腦裡「轟」一聲，忽然聽不見馬修在說些什麼。等略清醒過來，只聽到：「威士忌嗎？我從來不加冰塊。」他年輕、精壯，金髮，嗓音低沉，臉上其實沒有笑容，僅有凶狠的野獸見到獵物的飢渴。

「大概是愛爾蘭裔的警察吧？」玫瑰禁不住心裡面微微發抖地猜測。

她鎮定下來。「我喜歡威士忌裡面的冰塊，還要把冰塊撈出來嚼。」她果真從杯裡撈出冰塊嚼起來，接著問：「要不要來一杯 Scotch？」

「我改天再回來。」說著，轉身朝街邊的警車走去，夜幕下隱約看出駕駛座上另有一名警員等在那裡。玫瑰目送警車離開，這才注意到，馬修不知何時已經不在旁邊。

店裡面大夥人圍成一圈，正在大聲笑鬧。「脫掉內褲！脫掉！脫掉內褲……」只見玫瑰市政廳的同事妮娜的德裔男友站在當中，上半身脫得精光，皮鞋也踢掉了，剩下繫在頸間的一條暗花領帶，還有鬆鬆的西裝褲。他正一心一意扭動身體搖擺著，他脫掉的西裝、白襯衫、皮帶、皮鞋一起胡亂扔在地上。

「快脫掉內褲！脫掉！脫掉！」妮娜以慢華爾滋的舞步游到圈內，挽住男友正要解開鈕扣的手共舞起來，人群這才慢慢散去。

那天回到他們位在法拉盛的豪華公寓已經凌晨一點，玫瑰在地下停車場停好車後，把大偉扶出來，兩人跌跌撞撞由電梯到門口。門還沒打開，大偉「嘩」一聲吐得一地。玫瑰推開大偉開始埋怨：「跟你說過一百次，不可以空肚子喝酒。搗的什麼爛蛋！」

好不容易擦拭掉穢物，回屋裡見大偉穿著吐髒的西裝，已經大剌剌躺在床上，睡得鼾聲如雷。玫瑰費盡九牛二虎之力，才把大偉身上的衣褲脫下來。像這樣喝得爛醉，每個月總有三四次。

玫瑰問過大偉：「你現在算得上酒鬼吧？」

大偉回說：「酒鬼是大清早就開始喝酒。我從不在早上喝酒。」

「你知不知道，你喝得爛醉的樣子，就像你吐出來的那些東西？」

「喝點酒就被妳這樣亂罵，小心我也要挑妳的毛病！」

玫瑰不懂大偉為什麼要因為喝酒，讓夫妻間這麼痛苦，卻瞬間了解從前那位當過副總統和紐約州長的洛克菲勒，為什麼因為不忍心看他太太 Happy 嗜酒，而下令所有酒鋪在星期天不許賣酒，且對酒商課以重稅的苦心。如果玫瑰也有那麼大權力，她一定下令夜店的老闆不許在自己店裡喝酒。膽敢喝酒就是犯罪，要鞭打一千下做為懲罰，看大偉還敢不敢喝酒！

2.

大偉雖然貪杯，如果喝起來不能那麼隨心所欲，也不致幾次三番地喝得酩酊大醉。

然而，大偉次日總能夠準時去曼哈頓上班，使玫瑰無法再多置一詞。玫瑰時間較充裕，可以慢吞吞到夜店。馬修先她而到，一開門就進來幾個好奇的白人藍領，陸續又進來一些東方人。玫瑰到櫃檯後面略招呼一下客人，看沒什麼插得上手的，還是交給露露和廚子，和兩個打雜工的南美人去應付，自己到後面的儲藏間兼辦公室。見馬修沉靜地坐在那裡，玫瑰過去搭訕：「大偉平常也這樣無所事事嗎？」

「他每天都很忙，除了簿記、稅務，還有進貨，每天還有很多無法預料的事情。」馬修微微一笑，「如果我們的眼光沒有錯，這裡很快也會忙碌起來的。希望如此。」

「你在看什麼書？」玫瑰瞄一眼他打開的電腦問。

「我在寫一本書，已經寫了三年，還寫不到三分之一。最近又一直卡住，寫不出來。」馬修略汗顏地說。

玫瑰卻饒有興致地問：「你在寫什麼？」

「寫我曾祖父母的故事。他們二戰期間由俄國來到紐約。」

玫瑰一聽，感到索然無味，卻脫口問：「我聽大偉說過，你們有個同學因為愛恨糾纏，殺死了他的女友，兩人還是同班同學。後來判刑被關入監獄，從來沒有人去看他，只有你每個月固定為他帶去書報，已經十多年了吧？為什麼不寫他的故事？他還在監獄裡嗎？」

「還在監獄裡，他正在爭取保釋。」馬修說，「我還真沒有想過寫他。怎麼可以寫朋友的不幸！」

玫瑰瞅他一眼：「你真沒有想像力。」

馬修「喔」一聲：「也許妳說對了，就算寫我的曾祖父母，也要多運用想像力。妳好像給我開了一扇窗。」

玫瑰看他真是呆氣，有一種男人除了會讀書，平日裡不會開車，在家裡連一根釘子也不會釘，見到老鼠比女人跑得還快。馬修一定是這種人，但是他喝酒很有節制，從未喝醉過。如果馬修這個人有什麼令人遺憾之處，就是缺乏想像力了。

玫瑰胡想著，一邊說：「有一次我和大偉在瓜地馬拉旅遊，租了車往山上開。半山上遇見一場大雨，車子開不上去，我們跑進一個藏在樹林裡面很老舊的教堂，到它後面的涼亭裡避雨。風雨交加，整片山林和涼亭都搖撼起來，但只有幾分鐘，夏日的暴雨一下停了。雨停了，但是，雨水沖洗出一條一條細細的水溝，一直往山下流去。你看這樣的現場，裝不裝得下你們那個同學的愛恨情仇？可以把激情、謀殺、慾望和死亡統統塞進那樣的場景裡。」

馬修靜靜地聽完，說：「真像一回事！」

玫瑰回他以微笑。玫瑰內心其實悶悶不樂，因為今天大偉咖啡沒有喝就出門，他們也沒有交談。整個早上從起床到梳妝到出門，他們一個字也沒有交談。

「我們還是去外面吧。」玫瑰說著，逕自出辦公室。

店裡多出好幾個中英文參雜著說的人男生，顯然不是這裡土生土長、不識中文的ＡＢＣ。他們邊喝汽水，邊等廚子做漢堡和中式的夾肉餅。玫瑰坐到角落給大偉打電話，大偉問了幾句生意上的事情，匆匆掛了。大偉一個人兼管曼哈頓跟布魯克林的業務，很少有空跟玫瑰多說一句話。大偉宏偉的計畫是努力賺錢，爭取在五十歲退休。退休以後做什麼呢？玫瑰不禁要問。「就每天過幸福的生活。」大偉為她畫一個大餅。

玫瑰有一次去新澤西的紐瓦克博物館，在美國開國史的部門，看到一大幅畫作，那是幾個初抵美國領土的白人，優越富裕有餘的模樣，面對狀頗謙卑的一夥印地安男女老少，其中有人微弱地伸出乞討的手。下面的解說中有一行字，寫著：「食物是給擁有的人，不是給需要的人。」玫瑰看得怵目驚心，再想想大偉開口閉口說的「都是錢在做工」，確實，都是錢在做工。玫瑰不能不同意大偉，先賺足了錢，可以挺直腰板、大聲說話的時候，再談其他。

店裡進來一個五十好幾的男人，走向露露詢問什麼後，回頭朝玫瑰走來：「打擾妳了，我的女兒王安娜跟我說她在這裡上班，不知道可真有這回事？她高中沒有畢業，我很擔心。」

「我們這裡沒有王安娜，你找錯地方了。」玫瑰回說道。

「我不會找錯的。有兩個可能：第一是安娜跟我撒謊，第二是過兩天她真的會來這裡找工作。如果安娜來找工作，麻煩妳一定要通知我。她已經兩天沒有回家，現在不知躲在哪裡。」說著掏出名片給玫瑰。玫瑰看他英文名字叫派克，是房地產掮客。

玫瑰聽完他的話，明白他所說非虛言，點頭應：「好的。我叫玫瑰，請多指教。」

「妳很和氣，人家會衝著妳來光顧生意。我來吃個夾肉餅。」派克王好像要印證他的話，朝櫃檯走去。玫瑰扭頭見昨天那個警察進來，她有意冷淡地招呼：「你好，警察先生。」

「叫我強尼。妳什麼時候有空？我帶妳去個地方。」強尼還沉浸在昨天晚上的情緒中，這讓玫瑰不知所措。

「抱歉，我沒空。」玫瑰小聲地說。

3.

眼前的人用意很明顯，這人還不知為何看來特別順眼。但是她不想背著大偉，跟別的男人出去，尤其對方是個老外警察，更顯荒謬。

兩人說話的同時，玫瑰瞥見強尼眼光掃到露露，憑直覺，玫瑰看出露露是他下一個獵物。玫瑰想到剛才的心思，真是自作多情得愚蠢至極。她轉而又想到，跟警察要保持良好關係，遂解釋：「我有點緊張，我們剛開張，你知道的，我有壓力。」

「妳有任何問題，只要找我。」說著要過玫瑰的手機，「這是我的專線，任何時候都可以找到我。妳真的不肯出去？」

「真的不行。」玫瑰很高興可以這樣婉轉地拒絕他。她有時覺得自己真是操作這種尷尬處境的高手，可惜總也用不上。因為跟大偉在一起，只要簡簡單單地實話實說，不需要這些花花腸子。

馬修出來，站在玫瑰身邊問：「警察又來做什麼？」

「不知道。」玫瑰搖頭，像要掩飾什麼似的說：「警察常來的話，不會有壞人來找麻煩吧。」

馬修一反常態地幽默一句：「如果運用想像力，我是不是應該說，警察是來看望玫瑰的？」

玫瑰一聽，笑了好一陣才正起臉色：「原來你也這麼會說笑！請快點把你曾祖父母的故事寫完，請再寫更多，我做你最忠實的粉絲。」

派克王在櫃檯那邊，回頭不知跟玫瑰說些什麼。玫瑰撂下馬修，過去聽派克王說：「你們的夾肉餅是我吃過最好吃的，心靈手巧的人才做得出來這樣的美味，一定是妳燒的。」

玫瑰搖搖頭，聽他嘖嘖連聲地接著說：「這肉裡面很特別的，有橘皮吧，還有花香的味道，真的不是妳做的？」

玫瑰明白將來在夜店裡要碰到的，大概多半像派克王這般借酒壯膽的顧客，他不過喝一瓶啤酒而已。

「是我們大廚特別調配的醬汁，喜歡就多吃一點吧。」

「跟妳說一件掏心窩的話，這老天爺虧欠我一個幸福的家。我啊大半輩子辛辛苦苦養家，真的很不容易喔。」派克王說得好像要哭出來了，「現如今女兒避不見面，太太半身不遂，她要麼好起來過正常生活，要麼死去。這樣半死不活地拖著我，我快撐不下去了。」

玫瑰聽得心驚不已，頓一會，見他盤裡還有一個沒有吃掉的夾肉餅，於是說：「不是很好吃嗎？為什麼要剩下？」

派克王兩口吞掉夾肉餅站起來，用紙巾抹嘴，「我很快會再回來，我很喜歡這裡。」

玫瑰謝他。

夜店十一點後只有寥寥幾個喝悶酒的顧客，馬修把結帳的工作交給玫瑰，他自己四處查看後準時關店。大偉叮囑玫瑰，一定要讓馬修送她回家，不可一個人走夜路。馬修開車，他住在布魯克林。其實從夜店到停車場的一段路，未必比玫瑰回家的路安全，所有的店家都打烊之後，街上淒涼得很。黯淡的燈影裡，總有幾個幽黑沒有光的角落，他們見到無家可歸的流浪漢就睡在那裡。深秋的夜很冷，街友們裹著好幾張單薄的棉被或毯子，蒙頭睡在地上。聽說在一月到三月的大冷天，如果流浪漢沒有被強行帶走，多半會凍死。

玫瑰曾經在曼哈頓參觀過很大的浪民收容所，不知為何還是滿街流浪漢？據說是浪民怕在收容所被其他的浪民毒打。生活無憂、有正當工作的人，都會自相殘殺，何況出於無知、頹喪或殘暴的浪民！另外也可能已經習慣，愛睡哪條街就睡哪條街，這可是他們的基本人權。如此自由自在慣了，日久也能睡出滋味來吧。玫瑰在大都會裡住久了，經常會給流浪漢一元、兩元，但這樣夜半遇見他們還是怕，非常怕。她不斷催促馬修：「快點走！走快點！」馬修文弱，萬一遇見歹徒，非但無力保護玫瑰，說不定反過來玫瑰還得拯救他。

玫瑰回家漱洗完了，大偉才回來。平日裡玫瑰總要準備小黃瓜、捲心菜、芹菜、番茄、蘋果一類的蔬果等待大偉，但前一天喝醉，次日大偉能夠硬撐到絲毫不影響工作，已經是他所能做到的極限。玫瑰清楚大偉一回家，直接會進到臥室裡，面色蒼白，隨便脫下衣服倒頭睡下，不要一秒鐘便睡死。整個過程從前一夜爛醉，到今日準時上班、下班、回家，最後一言不發地再上床大睡，這一連串的動作，時間控制得像進行一項儀式，絕對準確無誤。

相對於夜店裡的喧鬧，還有那種隱然惶惶終日的感覺，玫瑰感到燈光下的家真是舒適極了。她穿著寬鬆的睡衣，盤腿縮在沙發上查看手機，最近大家爭相傳遞的，都是封鎖下慘烈的武漢疫情，義大利緊接著跟進，視頻上一個一個瘦弱的病患，歪歪斜斜倒在佛羅倫斯陰暗的街頭……。玫瑰大量吞入所有訊息，直到眼皮撐不開才回臥室，小心翼翼爬到大偉身邊躺下，無論怎麼不出聲，大偉總習慣在睡夢中摟過她。

玫瑰比大偉略早一點起床，她煮咖啡、烘麵包、洗切水果，一切就緒後，站在窗前等大偉。

他們的公寓在頂樓，從廚房的窗口望出去，除了遠遠近近的高樓，還有細長的公路，公路上流水似在滑行的車輛，和碧藍色的長島海灣，一起靜靜地躺在遠方。不知為何，這畫面使她有滄桑之感。

4.

玫瑰在餐桌上，把昨天夜店裡的種種講給大偉聽，特別描述派克王所說那段掏心窩的話。「如果我半身不遂，你也會嫌棄我，希望我死掉吧？會不會？」

大偉只管吃他的早餐，不予理會。玫瑰不斷追問：「不回答就是會嫌棄我、希望我死掉的意思嗎？」

「什麼亂七八糟，誰說妳會半身不遂？」大偉站起來，過去吻一下玫瑰後，迅速去壁櫥裡拿外套穿上，臨出門問：「馬修會過來接妳吧？」

「大白天我自己走過去。」說著開始收拾盤碗。她不覺得跟大偉提出的問題有什麼無聊，疫情之下，如果夫妻一方染疫要死了，另外一方應該躲得老遠，以免被傳染嗎？派克王一定會說：「是的，躲得越遠越安全。」

大偉會怎麼做？她自己呢？玫瑰呆住了。

玫瑰出了公寓大樓，跟著大夥人在緬街上等紅燈。綠燈一亮，兩頭擁擠的行人立刻交叉著大步前進，各有各的方向，各有各的去處。她喜歡賣乾貨和中藥的店鋪，老是讓她想起小時在台北的家。她母親常買四物或十全大補，用來燉雞腿、香菇。燉煮的時候，屋裡瀰漫濃厚的中藥氣味和肉香，那個四物湯、大補湯的味道，回想起來，真是好吃極了。

他們當初選擇在法拉盛定居，是為了家裡的老人來的時候可以自己上街。但大偉的雙親前幾年已經去世，玫瑰的寡母則在休士頓照顧一雙孫兒女，一直抽不開身過來看他們。

玫瑰在超市裡見到寫著很甜的櫻桃小番茄，遂買了一大包帶到夜店，讓南美工人洗乾淨了，裝盤裡招待顧客，當然他們自己先吃去大半。以後她上班一路逛過來，也就經常買點蔬果、芝麻糖、花生糖之類的零嘴。

5.

那日玫瑰在一家乾貨店的門口，望著堆得滿滿的杏仁、腰果、花生和種類繁多的乾棗，想著怎麼換個花樣吃點別的。身後忽然有人拉過她的手，轉身見那個好幾日沒有露面的警察強尼。「我送妳去店裡。」不由分說拉著她，朝停在路邊的警車走去。

大街上當著那麼多行人，玫瑰只好順從，免得被當作拒捕的罪犯。跟著強尼上了警車，強尼迅速發動引擎，一路上悶聲不響地朝高速公路的方向開去。

「我們要去哪裡？」玫瑰沉住氣問。

這才注意到，車裡的收音機一直小聲地開著。「Let us die young or let us live forever...」竟是一首老歌，「Some are like water, some are like the heat. Some are a melody and some are the beat. Sooner or later, they all will be gone.」

「你也聽這種老歌？」玫瑰問。看到強尼調轉車頭轉個大彎，在一個僻靜的角落停下來，順手關掉正在播放廣告的收音機。「這首歌就做為我們兩個人的歌，將來無論在任何時候、任何地方，只要聽到這首歌，我一定會想到妳。記住，妳聽到這首歌，也要想到我。」強尼說。

這讓玫瑰感到有趣，回說：「好。」

強尼用力拉過玫瑰，一隻手伸進她的外套裡揉捏著，一邊吻起來。他鼻息急促，把玫瑰時左時右、唇上頸間，不知怎麼安置才好地一陣狂吻，玫瑰在他懷裡銷魂蝕骨，無力抗拒。強尼終於放開她——「去我住的地方好不好？我們現在就去。」

「你現在正在上班嗎？」玫瑰驚魂甫定，好笑地問，一邊把裡裡外外的衣服整理好。

「我試了五天了，五天不去看妳，妳不知道這五天有多長。我整天想妳，整天地想。現在只有一個辦法，就是我們做愛。」強尼又要去撫摸她，玫瑰驚慌地按住他的手。「你瘋了嗎？我現在要回店裡，我們走吧。」

6.

強尼順勢把玫瑰的手按上他的褲襠，把玫瑰再次擁入懷裡，像要把她擠壓成碎片。不知過了多久，兩人喘息方定，強尼這才放開玫瑰，再度發動引擎，把玫瑰送回夜店。

夜店已經開門，店裡面有幾個說韓語的顧客和幾張新面孔。玫瑰垂頭逕直到裡間，馬修抬頭見到她問：「今天怎麼空手？我在等妳的芝麻糖。」

「我忘了。」玫瑰吭聲，在他對面坐下。馬修不知在抽屜裡找到什麼，轉身出去了。玫瑰痴痴呆呆地坐在那裡，眼裡忽然流出淚水，她知道她不會愛上強尼，但是她跟大偉可能沒法過下去了。她任淚水汩汩流著，直到馬修回來，這才側開臉站起身，匆匆進洗手間。

馬修等她出來說：「每天吃妳的芝麻糖、花生糖，今天我請妳吃壽司。但是不帶酒，妳要喝酒現在喝。」

「小氣！」玫瑰打起精神地白他一眼。但這時有馬修陪著去街上走走，不由心生感激，她不想要一個人呆坐，她想要出去吹風。馬修和她都喜歡吃壽司，他們在日本麵館點兩客壽司套餐，馬修還是為玫瑰叫了一小瓶燙過的 Sake。

「壽司和 Sake 是雙胞胎，我不敢把它們拆開，怕妳生我的氣。」馬修邀她碰杯。

玫瑰淺淺地喝一小口，淺淺的。她自問為何沒有把日子過得淺淺的？日子要淺淺地過，才能平平安安地過好。她難道做不到？她在幻想什麼？玫瑰一遍又一遍地問她自己，到底在幻想什麼？在幻想什麼！

「有什麼事騷擾妳嗎？」馬修問。

玫瑰再次振作起來笑笑，順口胡謅：「我們吃太多白米飯了，壽司就是白米飯。我等一下就會多長一磅肉。」

馬修很相信，玫瑰因為吃太多白米飯在發愁。他們回夜店的時候，派克王也在裡面。

7.

他已經是常客，但是他的女兒王安娜至今沒有出現，玫瑰也不想打聽。只隱約聽露露提起，王安娜跟男友住在一起，是派克王自己說的。

「天氣真好啊，華氏六十到七十度之間，是最舒服的氣溫。」派克王跟玫瑰招呼。玫瑰過去閒聊幾句，還是覺得有些精神恍惚。她忽然到櫃檯後面做 Whisky Sour，在一個不鏽鋼的大杯子裡，加上好小一小杯威士忌，加檸檬汁、加鳳梨汁，再加上冰塊。她一樣不漏地數著，看它們混合，最後用手使勁搖晃，再拿起網罩過濾掉冰塊，於是大功告成。

她連做了兩杯，遞一杯送派克王。她自己端一杯啜了幾口，覺得甜度和威士忌的比例不錯。「露露妳試試看，味道可好？」

露露略試一口，點頭：「可以。」結果旁邊兩個顧客也多叫了兩杯 Whisky Sour。

玫瑰知道，露露給他們的酒會多一點。

馬修按照大偉的意思，讓他們的夜店不走低俗的路線。色情可以略帶一點，譬如請來唱歌的女歌手穿得很涼快，但不許有淫蕩的動作。也就是說可以挑逗，可以供顧客想入非非，但是——「我們的場地非酒池肉林。」

大偉這下的理想是，在他們的夜店裡，必須可以洽談生意，甚至搜索各種創作靈感。

所謂「創作靈感」，包括大偉在曼哈頓的夜店裡，帶頭提出一個構想，如果每一條街道都像輪盤，帶著速度在轉動，靠近兩邊建築物的路面屬於最低速，以方便行人踩進踩出，如此依次推進，馬路正當中就是超速。交通工具不需要汽車，只是每個人的兩條腿，行走或飛奔在行駛的路面上，穿溫度調節帶冷暖氣的衣服。大偉嚷嚷著要去申請專利，一邊呼籲顧客接下去思索，怎麼讓這些想像成真。如果成功，所有參與者利益均攤，人人有分。

8.

大偉靠這類具創意又帶育樂性的活動，不斷吸引新顧客。但是他這樣的經營方式，馬修無法跟進，除了沒有大偉那些點子，另外每個區域的顧客不盡相同。法拉盛的顧客純粹把夜店當作吃飯之餘，還可以舒舒服服消閒的很划算的地方。馬修加強食物和啤酒的種類，也穿插流行歌曲和鋼管舞的節目。對於閒混過久已經爛醉如泥的顧客，設法幫他們離開。

馬修這時過來看她：「還在繼續喝啊？」

「要不要我也做一杯給你？」玫瑰問，聲音和態度皆甜美得讓自己都恨自己在賣弄風情。玫瑰啊，妳到底安的什麼心？這樣能夠安慰自己什麼？

難道要表示，妳對每個人都親暱，對強尼只不過略好一點點而已？玫瑰的心思就這樣，在每個點上飛來飛去。

向來喝酒有度的馬修，聽到玫瑰剛才的問話，敬謝不敏地應：「不要，謝謝妳。」玫瑰請馬修不僅關店後送她回家，以後每一天中午，也接她一起過來開店。馬修點頭不迭，樂於從命。

那天晚上大偉又喝多了，一個員工開車送他回來。大偉還是臉色慘白，悶聲不響地進門，直接進臥室大睡。玫瑰一肚子要向他求饒的話，一句也用不上。到了天亮，玫瑰已經改變主意，什麼也不想說了。她只是準備比平日多的蔬果勸大偉吃掉，大偉默默吃著。「你今天除了多喝水，還要記住整天吃素，一定對酒鬼的健康有益。」玫瑰像平日一樣，看著大偉把盤子裡的東西統統吃掉，然後送他出門。

中午時分強尼來了，玫瑰知道強尼可以把過來找她美其名曰巡邏。強尼走進夜店裡，站到玫瑰旁邊，露露在櫃檯後面殷勤地問：「警察先生，我給你一杯威士忌好嗎？」

9.

強尼靦腆地笑笑：「我上班時間不能喝酒。」

玫瑰這次見強尼沒有對露露流露什麼，但還是決定讓他們自去聊天。她轉身到裡面去，強尼卻叫住她；「別走。」他們一起到另一扇牆邊，「我下班過來接妳。」

「不行。我要向我先生坦白，不能再有下次。」

「妳要離婚。」強尼堅定地說。

玫瑰頓時沉默。離婚？沒有子女的婚姻加上背叛，真夠資格離婚！大偉和她不知精子、卵子出什麼問題，一直沒有生育。離婚也就是一拍兩散的事，但是，離婚是她想要的嗎？昨天晚上決定跟大偉坦白認錯的時候，她並沒有想到離婚，她天真地認為大偉會原諒她。強尼的話，無疑打了她一棍。

「玫瑰，妳要離婚。」強尼的聲音轉為溫柔低沉，但是這時僅有空話不夠分量，不足以打動玫瑰。

「離不離婚是我自己的事。」玫瑰厭煩起來，「不要再來找我。」

「妳再想想，隨時打電話給我。」強尼迅速轉身離開。玫瑰料他是火了，也只好由他去了。她剛才就注意到派克王進來，還朝她和強尼看了一眼，她這時過去跟派克王和幾位面熟的顧客招呼。派克王壓低嗓門說：「警察沒事吧？有些警察要小心他們。」

玫瑰跟他略寒暄後躲到裡面去。馬修坐在對面看她，微笑說：「我那朋友很快就可以保釋出來了。他要跟一個監獄裡的女管理員結婚。」

玫瑰十分意外地跟著他微笑，慢慢應一聲：「是嗎？」

「這個消息有沒有讓妳興奮起來？」馬修問。

玫瑰認真想了一下，說：「不知道要替他高興，或是特別感到他可憐，我不知道。」

馬修還是微笑：「他現在很平靜。」

10.

玫瑰說：「一些巨大的事情發生的時候，多半沒有預警。它們不敲鑼打鼓過來，只是像閃電，一瞬間就發生了。那一瞬間，個人很孤獨，澈底孤獨，沒有人可以幫助你。我們中國人因此解釋為命運。」

「命運還有另外一個說法，」玫瑰思索著，「也許是他注定要跟這個監獄裡的管理員結婚，也注定他要遭一次劫難，所以就有某種力量把他送進監獄裡，讓那個管理員有機會關心他、照顧他，終於打動他。但是怎麼解釋他那位被殺的女同學？那個可憐的女孩為什麼應該被犧牲？難道是那女孩自己的命運？」

「妳在推理，還是在解釋命運？」馬修問。

玫瑰自己也糊塗了。她無法了解那個多半比她年輕的警察，對她來說究竟意味什麼。強尼只是一個破壞者，上帝派他來打散大偉和她的婚姻，注定如此。她那天的出軌一定會發生。如果沒有這個強尼，也會有另外一個強尼。玫瑰左思右想，得出這樣的結論。

玫瑰回到外面，坐在派克王旁邊，準備閒聊地問：「你太太最近好嗎？」

「老樣子。保險公司的醫療人員正在幫她洗澡和例行檢查，我出來透氣。」派克王說，「我女兒回學校上課了，她回家了。」

「啊，太好啦！」玫瑰真心為他高興。

派克王環顧一下周圍各色族裔的顧客，又是略壓低聲音說：「新冠疫情很嚴重，美國染病死亡的人數也越來越嚇人。現在外面傳言疫情來自中國，已經有人見到中國人就打，商店也要小心被破壞。」

「要怎麼小心？」玫瑰暗自怨嘆無能為力。

派克王提醒她：「比如說，最近提早關店什麼的。」

11.

玫瑰知道這不失為一個好辦法，但不容易做到。聽聞一點風聲就要提早打烊，生意是這樣做的嗎？大偉不會同意的，尤其馬上就是聖誕節、新年，這段最熱鬧的時間。還好他們在曼哈頓和布魯克林的夜店，因為出出入入的人多複雜，一直請有警衛。真有需要的時候，大偉可以調一個警衛過來，這讓她放心許多。

二〇二〇年的新年期間，強尼忽然再度出現，玫瑰竟有掩不住的喜悅。

她不能不承認，已經過去的十多個日子，她度日如年，無時無刻不在掙扎著等待強尼回來。

「我給妳打過電話，妳為什麼不接？」強尼問。

「我沒注意到。」玫瑰沒有說實話，她只是徬徨地在接與不接之間，最後總是決定不接。

「妳這一向好嗎？」強尼問。

「我看起來不像很好嗎？我每天吃飽睡足，腦袋空空，我非常好。」玫瑰忽然心裡有氣，恨強尼把她變成現在這樣，「你還是走吧，不要再來找我，你讓我非常困擾。」

強尼微微一愣，沉默地出去了。冬天的傍晚外面的天已經很黑，玫瑰旋即轉身回裡面，心裡迷惘地想著，哪來的恨意啊？哪來的恨意？

不巧就跟年節期間，過來表演鋼管舞的白人女子碰個正著。女子叫安琪拉，已經在大偉那裡表演近十年，玫瑰之前在曼哈頓的夜店見過。兩人這時看似熱絡地打個招呼。

玫瑰幾次親眼見安琪拉用極端愛慕的眼神望著大偉，大偉雖然表現得不冷不熱，但是兩人難免常在一起聊天。玫瑰聽大偉把生意上的各種瑣碎、各種頭痛，都向她傾訴，又驚又怒地質問大偉：「什麼意思？」

大偉不聲不響，過好久才說：「這種女人敢跟她有什麼關係的話，所有的生意都歸她的了。」

12.

玫瑰半信半疑，後來幾次見大偉把安琪拉開除，原因都為了：「她嫉妒我們的生意，讓我討厭。」可是安琪拉出去一小段時間後，總又涎著臉回來找工作，而她的表演確實特別美，無人能及。

玫瑰見安琪拉從近邊門的更衣間出來，她全副黑色緊身衣褲，芭雷舞蹈員健美且優雅的身段，使她看來帥氣極了。玫瑰知道安琪拉來法拉盛並非她自己的意思，但她還是表演得十分專業，態度也很好，雖然這一帶小費不多。玫瑰和馬修商量好，年節期間特別給安琪拉賞錢。

他們站在遠處看安琪拉表演，音樂和燈光加上安琪拉一連串絕美的、高難度的動作，使場面越炒越熱，不時爆出掌聲。玫瑰問：「你喜不喜歡安琪拉？」

馬修笑著答不出來，過一會才說：「她的舞蹈確實很精彩，至於喜不喜歡她，我從未想過。」

玫瑰在心裡「哇」一聲讚嘆：「對你這個單身漢刮目相看，『從未想過喜不喜歡她』，這官腔打得多好！」

「妳不相信嗎？」馬修問。

玫瑰回道：「相信，相信。」

大偉那天晚上，難得神清氣爽地回到家裡。臨睡前習慣看一點新聞，也看一點球賽，玫瑰過去陪他，聽大偉說今天在布魯克林的店門口，有一個路過的東方婦女，忽然被人衝過來用磚頭在頭上狠狠連砸了兩下，倒地不起，頭破血流地被送到醫院。

「凶手呢，跑走了嗎？」玫瑰問。

「被我們的警衛逮住，交給警察了。」

「那些凶手主要瞄準東方老人跟婦女，這些人容易下手。我看妳最近少出門，也許不要去上班了。」大偉說。

「我去買一瓶辣椒水，一出門就拿在手上。」玫瑰說著唉一聲，「那多麻煩！還不見得管用。可是不出門做不到啊。」

13.

新年終於過去了，夜店的生意霎時冷清下來。每天新聞報導的，全是在世界各地死於疫情的人口數據。眼看美國一日一日超越，大偉開始憂慮起來，不知接下來的情勢將如何變化，他們的生意能不能度過這段瘟疫蔓延的時間。玫瑰因為有大偉撐著，對於市面上各類起伏，向來缺乏敏感度。疫情雖然熱烘烘在燃燒著，畢竟沒有燒到家門口。

既然生意清淡，玫瑰樂得悠閒度日。她買來一包瓜子，邀馬修共享。「這是好東西。」玫瑰說，「就跟這裡的葵瓜子、南瓜子一樣。你可以盡量吃，怎麼也吃不飽。」

馬修聽得哈哈大笑。「是怎麼也吃不飽。」馬修說，「我小時吃過南瓜子，外面包一層厚厚的鹽漿，像是鹽和麵粉調出來的。現在見不到了。」

「你試試這個瓜子。」

馬修辛辛苦苦咬了半天，好不容易才吃到薄薄一小片瓜仁。「這太考驗耐性了，我投降。」

「凡事起頭難，你再吃，等一下就好了。這可比你寫小說容易多了。」

他們聊得正歡，強尼走進來。玫瑰有些錯愕，強尼總會突然出現，卻從未像今天接近關店的時間。他這天穿著一般的夾克，玫瑰不由得多盯了他兩眼。「我差點不認得你。」玫瑰把不想再見強尼的決心拋到腦後。

露露從櫃檯後面出來問：「警察先生，我給你做一杯什麼？」

玫瑰望著強尼說：「給他一杯威士忌不加冰塊。」

強尼在她身邊坐下，見露露已經倒好了酒，起身要過去接，露露卻端過來。強尼掏皮夾要付帳，被露露止住了：「這是我們招待你的，巴不得你常來，讓我們感到安全。」

強尼立刻扭頭望著不動聲色的玫瑰。「要穿制服，還要帶槍。」馬修笑著插嘴。

14.

強尼感到受歡迎，比較自在了。露露雖然是混血兒，卻看不出有東方血統，但內在的東方血液，使得她還是絮絮叨叨訴說走在街上可能被打的恐懼。大家聽著都無對策，包括強尼。

店裡已經沒有顧客，只剩下工作人員在等候關店。玫瑰靜靜地望著眼前幾個人，感到露露和強尼十分登對，露露對強尼很明顯也有好感，他們最終是要走到一起的吧？每個人的生活圈是如此狹窄。

那天，強尼送玫瑰走回公寓之後，他自己再回頭搭地下車回家。後來他經常就在打烊的時間過來，有時穿制服，有時便裝，一路護送玫瑰回去。

夜店的顧客在進入二月後，先後回來一些，紐約市的疫情已經如解鬧的水壩正在大肆氾濫，多半的人開始戴口罩，東方人被攻擊的案件也越發頻繁。

玫瑰問強尼：「我們是不是該戴口罩了？」她一直想要戴口罩，卻怕一戴口罩，就坐實了自己是攜帶病毒的華人。強尼也一直未戴口罩，不知為何。

「上面規定我們不能戴口罩。」強尼說。

「紐約是民主黨的大本營，民主黨說要戴口罩。」玫瑰說。

強尼笑起來：「妳忘了川普總統是共和黨。」

他們固定在近大樓的角落吻別，老是感到話沒有說完，難捨難分。

情人節那日，強尼打電話給玫瑰要過來陪她。玫瑰沒有說什麼，大偉這兩年只在情人節前一日，買給她一盒巧克力交差。強尼連打三個電話，訂了一打紅玫瑰快遞到夜店裡，玫瑰不由得心軟。

馬修進來，見玫瑰對著一大把紅豔豔的玫瑰花發怔，問：「現在妳打算怎麼處理這位警察？」

玫瑰抬頭：「我以為你要問我，怎麼處理這些玫瑰花呢！」

15.

說著見馬修從儲藏間，拿過一個大玻璃罐，又去接水，把玫瑰花插好。玫瑰微笑：「大偉很久沒有送我花了。」

「他太忙了，妳要了解。」

「他當然永遠太忙。你在幫大偉說話？」玫瑰有些難以置信，或者馬修只是看不慣她跟強尼走到一起。馬修為什麼看不到她內心多麼糾結？她跟強尼是不可能有結果的。

「要說我幫誰說話，那還是幫妳多一點。」馬修總是不鹹不淡，這也是他們能夠相處的原因吧。玫瑰笑著沒有說什麼，逕自到外面店裡。她聽露露說起派克王的太太不久前染疫死了，派克王自己也被傳染，已經將近一個月沒有來，這下卻好端端坐在那裡，跟露露和大廚聊天。

玫瑰見他的確瘦多了，他說在家裡求生不得、求死不能地躺了十多天，除了退燒藥，沒有任何藥物可治療。醫院檢查過他，沒讓他去住院。他太太被醫護人員帶走後，再也沒見過人影，就通知他：「王太太已經逝去、火化了。」

「感覺像在第三世界，一個人從家裡出門以後，從此在人間蒸發。」派克王說著嗚咽起來。旁邊的人一時都面面相覷。玫瑰知道他這時的傷心難過，是真心的。之前受不了他久病的太太，萌生希望他太太不如死去的心，也是真實的。人心如此殘酷自私，又如此無奈！

想到這些，玫瑰不由得愣愣地站在一邊，許久無話可說。露露對於染過病毒的派克王好像仍有戒心，不僅站得遠遠的，派克王一開口說話，她立刻偏開臉躲閃。

玫瑰最後還是告訴馬修，今天要提早下班。

強尼在緬街上的轉角處等她，見強尼戴著口罩，她笑著快步過去。強尼一反平日的熱情，只是指給玫瑰看他戴兩副口罩，又遞一副口罩給玫瑰。

16.

「你們上面規定要戴兩副口罩嗎？」

「我今天不舒服，可是今天我想要跟妳在一起，妳也戴上口罩。」

「你怎麼不舒服？」玫瑰戴上口罩問。

「感覺累，喉嚨也痛。」強尼說，「我可能感冒了。」

兩人說著，先後上了身邊的計程車。

二月中旬近六點的傍晚，華燈初上，卻沒有往日的繁華。計程車不知把他們帶向何方，強尼一隻手繞過她，把重量全壓在她身上，使她喘不過氣。推開強尼，近距離對望，兩個人都戴著口罩，各自防衛著，看來實在有些滑稽。沒錯呀，玫瑰想，強尼雖然只是傷風感冒，也不許傳染給她。

玫瑰問：「為什麼不在法拉盛附近的餐館？」他們在電話裡說好了，一起在法拉盛吃晚飯。

「我們先回去休息一下。晚飯我訂在七點。」強尼顯疲憊地說，玫瑰看那模樣，不似裝假。

計程車這時正好在一棟公寓大樓前停下，玫瑰下車望一眼周圍帶綠色植物的環境，是一般的住宅公寓。玫瑰跟在強尼後面進入大樓，強尼住在三樓，小公寓裡看得出偶爾也清理，在玫瑰眼裡還是亂了點，也簡陋。

強尼先去打開音響，神祕兮兮地說：「我特地錄的。」樂曲跟著流淌出來，原來是屬於他們的那首曲子——〈Forever Young〉：

Some are like water, some are like the heat.
Some are a melody and some are the beat.
Sooner or later, they all will be gone.

強尼為她一件一件褪去衣服，拉她躺下，忽然一陣咳嗽來勢洶洶。

17.

強尼側開臉，紛亂地連聲道歉：「對不起、對不起！……對不起！」玫瑰愛憐地用力把強尼拉向自己，強尼又不斷猛烈咳嗽。他不得不把口罩拉開，玫瑰發現他全身滾燙，鬆開強尼問：「好點了嗎？你怎麼了？」玫瑰支起身問。

見強尼突然全身鬆弛地整個攤開在床上，宛如靈魂出竅，只剩下一片肉身。玫瑰打開一小瓶水，扶他起來喝一口。

「我現在好累。」強尼微弱地說。

玫瑰見他不再咳嗽，問：「今天去上班了嗎？」

「我提早下班，下午開始感到累。」

「現在可以出去吃飯嗎？」玫瑰問。

「當然去！」強尼掙扎著要起來，「我不要妳失望。」

「傻瓜，你應該在家裡休息。」

玫瑰按下他，盯住他闔上的眼皮，細看他的眉眼五官，他還是個大孩子啊。強尼忽又氣息急促地咳嗽不止，玫瑰內心湧生出一陣恐懼，一陣不祥的感覺。不知接下來要迎接的是什麼？玫瑰頓時被整個局面擊垮。「我送你去醫院。」

「妳認為我染上 COVID ？」強尼驚醒起來問。

「去了醫院才知道。」

「讓我躺一會，就會好起來的。妳可以自己回去嗎？今天實在對不起，我改天一定補上。」強尼頓住，把口罩戴回去，忽然接著說：「我想起一件事，上個星期我送一個流浪漢上急救車，那個傢伙病得很厲害地昏倒在路邊，他會是染疫的病人嗎？」

玫瑰聽得驚呆了，望著強尼，想著強尼多半感染病毒了。拜強尼之賜，她自己必然也被傳染了，他們將無藥可醫治，只能等待上帝的判決。

「我們現在立刻去醫院。」她把強尼從床上拉起來，逼著他快點穿衣服。

18.

急診室裡站著好幾個等候的人，椅子上也坐滿了，醫院強行發給每個人口罩。強尼的證件很管用，醫護人員問過問題，立刻帶他們到裡面的診間測試。約半個鐘頭結果出來，他們雙雙染上病毒。

戴著口罩和透明面罩的醫護人員推過來車子，讓強尼坐上，他要被帶入裡面，玫瑰卻只能留在小診間裡再做測試。這一切進行得非常迅速，他們沒有機會詢問什麼，一切由醫護人員機械操控。

強尼臨被推走，隔著口罩大聲叫：「玫瑰！」忽然拉住玫瑰的手不放，玫瑰好大一陣欲哭的衝動，卻連自動抽出手的時間也沒有，強尼已經被強行推走。留下玫瑰怔怔地站在那裡，大腦反應不過來，究竟強尼有何等特權，可以直接進去接受至少是基本護療？她一個人在這裡要怎麼辦？

她在小診間裡等了十多分鐘，並沒有再測試，只被告知醫院不能收留她。「為什麼？為什麼強尼可以留下來？」護士沒有回答。

她頓時想到，也許並非強尼有特權，他顯然比較嚴重。派克王的太太被醫院留下，派克王症狀比較輕，被趕回家。強尼年輕健康，跟派克王的太太不一樣，玫瑰告訴自己，她和強尼都不會有事。

玫瑰直接回家，先戴上口罩、手套，進主臥房拿出自己一些衣物到另一間臥室，接著準備好兩天的蔬果，心裡埋怨大偉水果非要她切好才肯吃，使得她沒法多準備幾份給他。然後寫一張紙條告訴大偉，她中鏢了。對不擅料理瑣事的大偉還是不放心，只好接著再打電話：「我染疫了。我反正就是染疫了，你也要快點去檢測，希望還沒有被我傳染。」

19.

糾纏許久，大偉才勉強相信她染疫。

相形之下，如果玫瑰說的是她被暴徒攻擊，叫她「滾回中國去！」還比較容易讓大偉相信。最後她把自己鎖在臥室裡。大偉回家敲門：「妳開門讓我看看怎麼回事！」她堅決不理。

玫瑰每天關在屋裡，大偉出去上班，她為了不讓病毒亂竄，也不敢出來活動。大偉為她叫的外賣，她盡力多吃兩口，也像感冒的時候吃大量維他命C。馬修打來的電話她一概不接，強尼根本聯繫不上。如此，每日活在病毒巨大的陰影裡。

大偉終於去檢測過了，他陰性反應健康無恙，這使玫瑰安心許多。過三天她開始輕微發燒、咳嗽、喉嚨痛、疲倦。她酸澀地想：來了，終於來了。但這也來得太快了吧？沒準她在情人節之前已經染疫？

四天後她病情加重，開始高燒，渾身痠痛無力，心情也沉到谷底。「老天爺不會放過我了，老天爺不會放過我了！……」玫瑰一陣昏亂。

大偉發現玫瑰真的病了，勸說要送她去醫院，卻被玫瑰拒絕。

她隔著門告訴大偉：「醫院裡反正也是等死，我死了以後，你換個地方住。」話說起來如此簡單，其實她恐懼極了，死亡的路上墨黑一片，是那麼孤單，一個活物也沒有。她真的怕！

她給她母親打電話，卻不斷地被她哥哥兩個幼兒打斷。她想起小時候，她母親總是偏愛她哥，連吃食上也如此。一大盤魚裡面明明有好幾條，足夠她和她哥都吃上中段魚肉多的部分，偏偏她只能跟著母親吃魚頭、魚尾，因為女兒將來是要嫁出去的，是外人。現在她要死了，她母親自然會傷心，但還有她哥在，她母親不會有事的。玫瑰頹然放下手機。

再後來的幾天，她太痛苦，已經沒法說話，更無法思考。大偉依舊每天在門外跟她報告每天發生的事，包括生意上的。

20.

玫瑰渾渾噩噩地聽著，知道自己還活著，知道自己一心一意牽掛的只有她自己的生死，她自己的……再無其他。

不知又過了幾日，她稍微好轉，聽大偉在門外說：「疫情非常嚴重，所有的行業都要關閉了。紅玫瑰還沒站穩就要關閉，可能是白忙一場了。」

「是嗎？」玫瑰用力喊，卻喊不出聲音。紅玫瑰夜店要因為疫情關閉？新開張的那四個月，可以打包沉入海底嗎？或者落入浩瀚的宇宙裡，任它像浮塵在大氣間灰飛煙滅？於是，從來沒有存在過。玫瑰苦苦地想著。她也跟著想起馬修，終於給馬修打電話，問他的小說進度如何。馬修在電話裡笑著：「妳現在回店裡來吧，下個星期就要停止營業了。」

玫瑰還沒去做過病毒檢測，沒法過去，只安慰說：「沒有誰料得到會爆發疫情，你們的眼光其實很好。」

放下電話，她站到磅秤上看了一眼，居然掉了六磅。平常要減去一磅，不知有多難？

她決定去警察局打聽強尼的消息。走到外面，陽光依舊刺眼，不可思議她竟在房間裡關了一個月。跟一個月前完全不同的是，人人戴口罩，真是難得一見的奇觀。每一家超市裡面，都擠滿了搶購食物的人潮，好像世界末日來了，他們需要隨身攜帶食物離開地球。她在街邊一個臨時醫療站測試的結果，已經恢復正常。

玫瑰找到警察局，一位有點年紀的白人警察，過來問她有什麼事。玫瑰忽然支吾起來，吞吞吐吐地問：「強尼·葛利格先生回來上班了沒？」

「那孩子，他上星期因為COVID故去了。」警察沉重地說，也沒想問玫瑰是誰。玫瑰迅速轉身出了警察局。原來她好轉的時候，強尼卻病死了。

Fin.

強尼那麼年輕，怎麼會因為病毒就死去呢？他怎麼可能會死啊？玫瑰難以置信。強尼的病床一定被棄置在醫院某處角落，沒有人敢靠近他，只有打扮得像太空人的醫生、護士，對他愛莫能助。沒有藥物，沒有任何噓寒問暖。強尼是那樣死去的嗎？

玫瑰朝緬街的方向走，街上每一處都有強尼的足跡、每一寸空氣裡都有強尼的氣息，強尼卻存在被她打包起來的包裹裡，永遠沒有機會背叛玫瑰。玫瑰內心一直在等候著，等候著強尼來背叛呢！

玫瑰實在忍不住了，顧不得周圍的行人，她當街號哭起來。狠狠哭過之後，感到心裡面放空了，才舒服一點。她掏出面紙拭乾淨臉，這才加快腳步回家。

她整理出兩隻大皮箱，裝滿她自己的衣物，然後坐下來給大偉寫信：「親愛的大偉，」她的指頭在手機上滑過，忽然頓住許久，手機螢屏黑掉，再動下手指：「親愛的大偉，我病好了，該離開了，請你不要浪費時間找我。我們的十年婚姻，我給它七十分的滿意度，謝謝你。再見。玫瑰。」

信一傳送出去，她立刻請樓下的管理人上來，幫忙把皮箱送到地下停車場她的車裡。然後她把車子慢慢駛出車道，進入緬街。街上依舊密密麻麻擠滿人，下個星期所有的行業都要關閉，所有這些人都要被迫關進屋裡，大街上只剩下三月天的空氣。然而，這些跟她沒有關係了，這些統統被她收入包裹裡，紮緊了，她要使盡畢生之力，把包裹丟入虛空的宇宙裡，讓它幻化成一粒原子在大氣中消失。

車子上了高速公路，玫瑰打開天窗讓冷風吹進來。頭上浩浩蕩蕩的藍天白雲將陪伴她一路南下，奔赴她猶不知在何處的下一站。

算命仙如是說

一九六六年七月，新營鎮的太子宮

這條河從未正式取名，就像太子宮村裡所有的村路一樣，沒有一條路叫得出名字，村裡人慣常說老榕樹那裡或雜貨鋪這邊。

從村裡朝那條河的方向走去，經過家家戶戶的牛舍、豬圈，和黃土地上的曬穀場，到了有木麻黃的林蔭道轉個彎，就上了寬闊的黃土路，路面有牛車光滑的鐵輪輾過的痕跡，路兩旁大片旱地，長年荒廢在那裡。從黃土路直走到底，左拐見疏疏落落幾畝番薯田，其中的小路彎彎曲曲再走到底，迎面橫攔住一座半禿的矮崗，上面幾棵含羞草艱苦地生長著。

站在矮崗上放眼看去，下面黃土混濁的長河，接著連綿起伏的黃沙，黃沙盡頭是蔗園、芝麻田，和番薯、花生等作物，還有幾間屬於坤家裡的草寮。一提起去草寮，總順口說去「過河那邊」，日久「過河」就成為這條河的名號。

「過河」從新營紙廠的方向流下來，白天水位低，最深的時候只到膝蓋，很少超過大腿，然而天黑後的河水卻會上漲，河底還會出現難以察覺的漩渦，不慎一腳踩上，往往就被拖入漩渦底下的深洞裡，無法自拔。村民因此傳說「過河」裡面有水鬼。

坤四十出頭，長年被南部的太陽曬得乾乾瘦瘦，臉上掛著憨憨的笑容。穿一件泛白的淺咖啡色襯衫，綿軟的寬鬆長褲，他帶頭走在前面。他的妻阿月身材適中，五官端秀，和鄰家蔡姓婦人落在後面。蔡婦頭一回來草寮這一片田裡幫工，背上揹著竹簍，裝滿她臨走前在番薯田壟間採摘的野菜。七月的天光長，近八點了，天猶亮著，他們急趕著在天黑前過河。從草寮走到「過河」邊，最快也要走個二十分鐘。這一天許是蔡婦初來，阿月和她相處格外新奇興奮，不覺就在草寮多停留些時間。三人這時快速走著，也不忘一路說笑。

經過蔗田，蔡婦羨慕地問：「什麼時候割甘蔗？」

「下個月。下個月割這些白皮甘蔗，妳再過來湊一腳？」阿月問，「到時就睡在草寮裡，不回去了，新蓋的豬圈還沒養上豬，很乾淨，妳跟春嫂她們一塊睡。」

「好哇。」蔡婦滿口答應。

蔗田之後，大片黃沙直抵「過河」，這段路又長又寸步難行，黃沙深厚鬆軟，一腳踩下去就是一個坑，很吃力才拔得出來，活像兩腳拖著秤砣，實在走不快。眼看天就快黑下來了，坤著急起來，天黑過河是危險的，夜幕壓在河面上特別沉重，傳說中的水鬼就愛挑這個時候出來。他在前面催促：「河水很快要上漲了，妳們兩個要走快點！」

好不容易到了河邊，夕陽已經落在河水盡頭，寬闊的河面閃爍著波光，一波一波細長的千百條皺紋，河水的面容一時老得像妖怪。老，未必慈祥，它也可能一肚子壞水。「水已經漲高了，還流得很急。今天晚上要睡在草寮裡，回不去了。」坤望向兩位婦女。

「我沒跟家裡面交代。」蔡婦為難地說。

「我也沒跟阿母講，兩個孩子也會等我們回去。」阿月也說。

坤沉默地彎下腰捲褲管。阿月在旁邊望著正在快速流動的河水，竟興奮地說：「這河水現在很深喔，要注意走進去會到胸口這裡，河水會這麼高喔。」旋即又望向天邊，「你看，天還有點亮，那邊月亮薄薄的已經出來了。」說著，咧嘴一笑。

坤不敢猶豫，扭頭對蔡婦說：「來，妳跟在後面。」一隻手攙住阿月，涉入水裡。三人亦步亦趨向前移進，鬆散的沙不斷在腳底漫開，使得身體的重量霎時下沉。水真的一下淹到胸口，蔡婦在後面「啊喲！」一聲。阿月也感到不適卻不驚慌，傍晚渡河就是會這樣，他們有很多經驗。坤緊緊地攙扶住她，水已經淹到他們下巴。一個不留神，阿月腳底竟踩入一個沙坑，水霎時淹沒到她臉上，兩腳也管不住地懸空起來。「坤啊……」她要呼喊，卻嗆入好大一口水，坤幾乎是拎住她，橫著朝紙廠水流過來的方向移動，感覺這頭水位略高，好不容易才把阿月抱到河邊，阿月不住喝嗆。夫妻兩人驚魂甫定，回頭不見蔡婦，遠處昏暗的河當中卻漂浮一角淡色的什麼，定睛看去是蔡婦的竹簍。「她沉下去了！」阿月驚呼。

坤也大吃一驚，不由分說又一頭栽入水裡面，朝蔡婦沉沒的方向游去。坤擅游泳，他的游泳技術一流，村裡人盡皆知。阿月張大眼，全身濕漉漉在河邊等他救人上來，她看見坤游到河心，埋頭沉入水裡，過一會浮出一點水面，坤一定拉住蔡婦了。阿月見到坤要游過來了，忽然又下沉。阿月屏息望住河當中，等待著，等待著……。烏黑的河面見不到被打亂的水波了，一條條波紋微微閃爍，河水依舊迅速流動著。「坤啊！坤啊！」她瞬間清醒過來，淒厲地大聲呼喊：「坤……啊……」霎時天崩地塌，她被埋入所有的破碎裡。

阿月悠悠醒轉，片刻間不明白自己為何躺在濕濕的沙地上，清亮的月光壟罩住她，月亮在天邊溫柔地跟她遙相對望，那般溫柔，像是坤把她擁抱在懷裡時，周邊那軟軟的空氣，像坤的體溫，使她依戀，使她內心從容，使她不由得像對待一個幼兒，用她的母性，以全身心去覆蓋他，她的坤。阿月撐起身，兀自走神地看著身上竟有半邊濡濕。河水猶自靜靜地流淌著，空曠的沙地上除了月光和她，再無別物，萬籟俱寂。坤絕不可能這樣落下她，一句告別的話也沒有就去哪裡了？

她沿著沙灘走，一直走，如果這樣走下去可以跟坤會合，她就一直走下去。天濛濛亮了，太陽冉冉升起，終於整個跳躍出河面，曙光萬道。她已經遠遠離開屬於太子宮一帶的河流，太陽照亮另一段河面和這一邊較豐饒的田野。一個戴斗笠的外村人，朝她走來，到她面前說：「前頭有兩個人淹死了，我現在要去報警，妳一個婦人家不要過去看了。」阿月眼裡又嘩嘩流下淚水，默默地朝前繼續走去。

※

二〇〇三年三月，新營鎮

阿月已經病了許久，醫生說她撐不過一個月。過完年，阿月體力好轉，她叫來兒子阿楠：「我聽說鹽水那個算命仙還在，你帶我去看他。」

「不去了吧，還要算什麼命？」阿楠有點窘的微微一笑，「我騎摩托車帶妳去菜市轉轉，想吃什麼就買回來吃。」

阿月搖頭：「帶我去看那個算命仙，現在就去。」

媳婦替她穿戴好，再用一條大圍巾把肩頸包得嚴嚴實實的，最後扶她在摩托車後座坐好。「抱緊了。」阿楠回頭說。媳婦連聲吩咐：「你要騎得慢一點，尤其轉彎的地方。」

約莫半個鐘頭，他們到了鹽水鎮，在一條老巷裡找到年近九十的算命仙。他裹一條舊毛毯，坐在門口一把舒服的藤椅裡，面對路過的行人，瞇起眼望住母子兩人。阿月開口：「福伯，我是金川的女兒阿月，我阿爸古早時每天跟你一起下棋，你知道他老大人不在了。」

「金川的女兒，我記得妳啊。金川的寶貝獨生女兒，阿月妳命中要享兒孫福啊。」算命仙頓時笑開臉，問：「你們今天來有什麼事？」說著站起來，「裡面坐。」

阿楠自去停他的摩托車，阿月跟著進入昏暗的屋裡，一道陽光從門口斜照到佛桌上，光線裡面撲滿了灰塵。佛桌上的一邊兩個祖宗牌位、香爐，和兩杯清水，當中一尊釋迦摩尼佛銅雕。阿月在佛桌前的一把藤椅上坐下，說：「當初，我阿爸來找你，那時有兩個人到我家裡提親，我阿爸拜託你幫我挑一個，你把坤派給我，把西藥鋪的長子派給阿梅，是為什麼？我這些年一直在想，為什麼你要說那個人剋妻，阿梅難產死了怎麼是被他剋死的呢？我阿爸很相信你，我阿爸是不是太相信你了？因為你一句話，我守了三十七年寡，現在我也要死了，你看到我的命嗎？就因為你的一句話……」

「坤已經死了三十七年。」算命仙依舊裹著舊毛毯，喟嘆，「有時我也沒法算得那麼準。一個人的陽壽，我一般只淺淺地看，我也會怕。我知道得太多，半夜裡，我驚啊！……」

算命仙接著說：「金川的女婿是個憨厚老實人，他薄有家產，一生只對妳好，只疼惜妳一個人，這樣的婦人不幸福嗎？」

「那是因為天公沒有給他時間！」阿月淚流滿面哭訴，「他死的時候才四十二歲，田裡很多工作都沒有做完，還有家裡　對老人和兩個孩子，統統扔給我哇！……都因為你一句話！」

「怎麼是我呢？如果是我，我早就夭壽了。」算命仙看一眼阿月，「那個藥鋪的小老闆，他四十歲前都剋妻，身邊女人不斷，阿梅嫁給他頭一年常回娘家哭，第二年難產死了。那不是妳的命，妳到現在還不懂嗎？妳還不信命？」

「如果不因為你摻和在裡面，我天生命硬不會年紀輕輕死去，我自做我的老闆娘。坤不會剋妻，把阿梅許配給坤，他們兩人不就活得好好的？你完全排錯了！你有罪啊。」

「這世間的事情，哪裡如妳說的那樣！」算命仙愁苦地說。

阿月從淚眼裡細細地打量他，算命仙瘦弱蒼老，薄薄的紅眼眶裡面濕濕潤潤，像盛著一汪淚水，明顯地有眼疾，日子看來並不好過。阿月知道他孤苦一生，一直單身窩在這棟失修的古厝裡。阿月也不知道為什麼非要跑這一趟來看他？就為了來聽算命仙說一聲「妳這一生要享兒孫福」嗎？她內心淒苦地扶著佛桌，從藤椅上站起來，留下兩張鈔票在佛桌上，給她小時叫過的福伯。走到屋外的大日頭下，阿楠站在摩托車旁邊吸菸，見到他阿母出來，丟下菸頭迎上前攙住了。「帶我去電影院旁邊那家西藥房看看。」阿月索興再任性一次。

「哪家電影院？」阿楠問。

「我會指給你看。」阿月微弱地說。

他們接著就到了熱鬧的街上，一眼看到那家古舊、門面很大的西藥鋪，六七個顧客在裡面，四個夥計正低頭忙碌著。阿月坐在摩托車後座抱住阿楠看一會，見一個油光滿面的老人從裡屋出來，躬個腰走向櫃台。就是這個人！阿月定睛一看，沒錯，他發福了。當年如果不是算命仙鐵口直斷這個人剋妻，阿月已經決定要過來當老闆娘的，她這時木然地看一會眼前的陌生人，心裡頭清楚地想著：不管前世今生甚至來世，這人都跟她無關；今天最後看這一眼，有鐵板釘釘的快感。「走吧，我們回家。」喃喃地告訴兒子阿楠。她在後座抱著阿楠的腰，阿楠像坤總是瘦瘦的吃不胖，阿月把面頰偎在他後背，曬著三月裡暖暖的太陽，讓摩托車慢速駛著，帶著他們母子緩緩駛去，隨便去到什麼地方都好。阿月舒適的閉上眼睛想著，母子能夠這樣依靠著真好！

回到家裡，媳婦已經為她煨熱了雞湯稀飯。「我躺一會。」她直接進臥房，分明累了，卻在床上輾轉反側。半睡半醒間恍惚回到十八歲那年，她那天穿一件沒袖無領的碎花洋裝，從車站旁邊的冰果店出來，在街口跟兩個女友分手，一個人沿路慢慢走著，有個男子騎腳踏車來到身邊。「我認識妳，我也認識妳阿爸，他常和算命仙一起下棋。」男子開口說。

她扭頭看一眼，認出是藥鋪小老闆，心裡面碰碰亂跳，加快腳步走。阿月早就聽說藥房的長子睡了他家裡一個小女傭，給小女傭一筆錢打發走了。這種人一定要離得遠一點，這人卻一路跟她走過柏油路來到碎石路上，她再怎麼快走也快不過腳踏車。終於到了家門口，這人說：「我明天再來。」她繃緊臉快速進家門。次日天未亮，阿月跟她的阿母用拖車帶兩大簍筐油麵去菜市。她們有個鋪位在裡面，油麵總在中午前就統統賣完，母女兩人就可以回家。傍晚她和阿爸、阿母再準備次日的油麵條。阿月這天心慌慌的，但藥房小老闆並沒有來。過一個月，阿月已經忘掉這回事，媒婆卻上門提親。

她阿母聽說是藥房的長子，樂得眉開眼笑，興奮過頭地不斷提醒阿月要去速成班學簿記，再好好磨練打算盤，絕口不提街坊鄰居全知道的那些醜聞。上過四年小學的阿月，在當時的小鎮裡屬於有知識的階層，然而一想到可以學簿計和複習打算盤，還是心動；加上她阿母描摹的老闆娘的日子，她終於完全同意了。阿月從油麵攤回家的中午，藥房小老闆在門口等她，找她一起去照相館拍照留念。他已經看準阿月家裡一定同意這門婚事，這使阿月微微感到不爽。她阿母讓阿月換身新洋裝，陪著他們一起去照相館。照相師傅聽說他們快訂婚了，特別遞給阿月一把鮮花。她阿母上來把花在阿月懷裡擺來擺去地調整姿勢，阿月努力地捧花笑著，跟小老闆並肩站在紅紗的背景前。照相師傅躲到鏡頭後的黑色布幕裡，職業性地喊：「笑一個！」接著「喀擦」一聲，照片拍好了，請小老闆過三天回去看樣本。

她阿爸聽說後非常不高興，「這婚事不行！」說完悶聲不響地出門，天快黑才回家，一進門就嚴厲地說：「藥房那個不行。不行就是不行！算命的阿福有他的八字，他剋妻，跟阿月的八字也完全不合，絕對不行！」說完催阿月的阿母立刻去找媒婆，趁早把親事回絕掉了。

後來聽說那天在照相館拍的照片一團黑，需要回去重拍。阿月聽她阿母悻悻地說：「看來真的無緣。照片怎麼會拍得一團黑？照相館從來沒有過這種事。」

阿月嫁給坤，嫁娶之前，坤跟媒婆上過他們家裡一次。記得坤那日穿一件雪白襯衫，卡其長褲，一雙木屐，阿月躲在門後偷偷看他。阿月喜歡坤長得眉清目秀，一雙眼睛始終笑盈盈地，坐久了瘦瘦的一隻腳脫開木屐，落在她家正廳裡硬得發黑的泥地上。阿月把眼睛移回到坤的笑臉上，這個種出的鄉下人儘管光腳丫來啊，何必硬要穿木屐？種田的不都光腳丫？後來阿月問過坤關於那木屐，坤笑說：「我要穿一雙舊的，阿母一定要我穿新的木屐，不太合腳，是為了配新的白襯衫和卡其褲。」阿月也笑了。

兩人的日子過得十分美好，好得遭天忌吧？如果她和坤不那麼好得化不開，他們相守的時日是不是可以細水長流？老天為什麼如此善妒？她恨老天這般對待他們！小時只要一埋怨「下雨天討厭！」就會聽她的祖母告誡：「不可以說天公不好。快給天公拜拜。」她立刻雙手合十地請天公原諒。「而如今啊，天公，我不再怨你，也不再向你祈求什麼了。」

坤走後，她的公婆跟她又一起過了五六年，阿楠已經開始分擔家計，他的妹妹美華也高中畢業了，公婆兩人好似看到孫兒女都成人了，這才放心地相繼離去，兩老終於可以去找坤了。想到死去是為了團聚，阿月就一點也不害怕了。阿月聽到有人進屋裡，是美華牽著她的小孫女。「阿母，妳沒睡？」把小孫女抱到床上擠在阿月身邊坐下，轉身又去廚房把飯菜端進來，這才扶起阿月。「我來餵妳吃稀飯，還有我剛燒好的魚，妳吃吃看。」小女娃爬到床尾，摀著鼻子說：「阿祖臭臭！」

「說什麼妳！」美華狠狠地看小孫女一眼。阿月微笑：「我身上都是藥水味。乖孫，妳就坐那裡吧，我也抱不動。」

阿月讓美華餵了一小口稀飯，卻吃不下紅燒魚，接過碗筷說：「我自己來。」她實在吃不動，只好放下筷子，「我還不會死，大限還沒有到。」說完慢慢下床。

「妳們回去吧，我沒事。」

送走美華母女，阿月站在門口朝外望，空曠的曬穀場上只有幾隻啄食的麻雀，也不知麻雀們能揀到什麼吃食，曬穀場如今是水泥地了，那上面可乾淨。他們早已賣掉幾畝薄田和草寮，連太子宮的古厝也賣了，跟過去的生活完全斷絕。阿楠一直在經營穀物的生意，已經很穩固；媳婦還在農會上班，中午總趕回家照看一會，兩個孫兒在外地上大學。他們一個個都對她孝順，可是這個家事實上不再需要她了。

阿月忽想起初結婚那一年，戰爭正到了尾聲，一日，坤為了農務去新營，留下她一個人在草寮，草寮旁邊有叢像腿般粗大的竹子，參天高。竹身不是一般的綠色，是熟透的暗黃，十來棵擠在一處摩擦著，窸窸窣窣又喀喀作響，那帶點清脆的聲音在草寮周圍整天縈繞。她正在田裡挖番薯，聽見「轟轟！」一陣什麼響聲，抬頭見一架日本飛機老遠朝她的方向低飛過來，她嚇得全身癱軟，不知要藏到哪裡。竹叢那頭太遠，蔗園這頭也太遠。只見飛機從她頭上不疾不徐地低飛過，帶起的風掀落她頭上的斗笠，她看到飛行員的臉，戰敗的日本兵保不準他要幹什麼，但是那飛行員一顆子彈也沒有發，飛機就飛遠了。必定因為一顆子彈遠比她的小命值錢。阿月竟想起這件事，這麼多年她以為已經忘了。然而卻不，那日本兵的臉面是如此清晰，好像剛剛才見過。

反倒是偶爾聽人提起坤，她常常苦思冥想怎麼也想不清坤的容貌，有時急起來只好回屋裡看坤的照片，把坤牢牢地看入眼裡、記在心底，卻保不住什麼時候又模糊了；儘管她知道坤長得好看，坤的眉眼是俊秀的。坤已經似近實遠，又似遠實近，但她相信坤一直在屋裡，只要坤在屋裡就好。

坤走後最初幾年裡，阿月經常一個人在草寮一待就是十天半月，一來免得日日過河跋涉辛苦，二來為了要餵豬，把豬仔餵養肥大可以賣個好價錢。一日，她又一個人在草寮，天晚了，草寮裡只有一盞煤油燈，她正要張羅點東西趁早吃了，卻見一個衣衫襤褸的男人從蔗園那頭走來。她屏息躲到窗後，見男人走近草寮，竹叢窸窸窣窣摩擦的聲音這時格外響。男人一直低垂著頭，在豬圈旁邊的大水缸前站住了，掀開木板蓋子，又順手拿起水勺舀水大口大口喝完，「碰！」蓋上水缸，轉身朝紙廠的方向慢步走去。阿月終於崩潰地「哇！」一聲大哭出來，哭得聲嘶力竭。究竟為何她要這樣度日？究竟為何啊？她在內心嘶喊。她要坤在身邊啊，她要用力捶打他，為什麼丟下她一個人！為什麼！她要很用力痛打坤！痛打他！……她還要跟他撒嬌！……

那天晚飯的時候，阿月坐在餐桌邊陪大家，中午吞下那一小口稀飯之後，一直飽飽的，阿月什麼也吃不下，只是靜靜地坐在旁邊看著大家吃飯聊天。之後，早早地回臥房睡下，連睡了幾日，從此沒有再醒來。

玩一齣布袋戲

璸把縫製好的布偶套在一隻手上，顫抖抖地搖了搖。「搖啊搖，搖啊搖，」他臉上汗涔涔的，用感情特別豐富的嗓音唱，「輪迴殿上，判一紙命繳，戰場上的兩人，仇眼對視，存於心的一念，凝注唯殺！」唱到這裡感覺氣氛出來了，趕忙在另一隻手上也套進布偶，轟然布陣，兩隻布偶一起落在桌面，急雨似的奔跑敲打，「霎時，神決再開新章，太荒崩然失色。」璸提高音量，「啊哈！」喝一聲，人也跟著站起來，「我乃是號令天下的藏鏡人也！」臉上詭異的一笑，暗呼：「反派好！沒有反派唱什麼戲？必須要有反派！」

璸這個百萬食品推銷員的人生裡，如今只剩下布袋戲。這從什麼時候開始？快要二十年了吧？自從那次出差之後，那個他此生最後一次的出差。

璸褪下布偶，把它們跟其他的布偶歸攏到一起。這些布袋戲偶的線腳十分齊整，是璸一針一線長年累月辛苦縫製出來的。縫好之後，還用毛筆蘸著恰恰好的顏料，在塞著棉花的小腦袋上，工筆畫出一個一個臉譜。細看它們每個不同的表情，都出自同一張臉面，是那一次出差看到的布袋戲「藏鏡人」的眉眼相貌，璸從未忘懷。

璸在桌椅間焦躁地來回走，又是滿頭大汗，這地下室裡的冷氣機「嗡嗡」響，卻吹不出多少冷風，加上沒有自然涼的心境，實在悶熱得慌。已經九點，大地還在一口一口地噴吐熱氣，紐約法拉盛的夏天越來越長，越來越熱，越來越像台灣。

像那一個他出差回高雄的夜晚，特別熱，半路上且感到飢餓，其實下午跟商家在館子裡吃過。只是那種應酬飯不好吃，總是太忙著探底細、套交情。璜真希望憑他自己，可以生產出獨一無二的食品品牌，使人人叫好、處處搶手，他因此可以在商場上硬碰硬，不需要溜鬚拍馬，大把鈔票自然滾滾來，然後早早地賺足這一輩子需要的錢，早早地退休享受人生。

所謂的享受人生，璜很明白要適可而止，就是不能揮霍。譬如：生活簡單，只關愛必定要關愛的人。這點璜做得很好，他沒有揮霍寶貴感情的習性。另外，他夢寐以求的旅遊只限定在寶島台灣；不對，限定在亞洲吧；也不對，只要不妄想太空之旅，就不算揮霍——璜無可救藥地在這一點上跟自己討價還價。

不知不覺間，車子開出公路，在附近幾個村鎮忽悠悠地轉，心裡繼續漫無邊際地想：「如果可以每天在豪華郵輪上度日，如果——」其實，這麼大熱天只要能夠在海邊，面對夜色下的海面，聽著「轟轟」的潮聲，光腳丫走在鬆軟的沙灘上，讓海水一波一波湧上來淹蓋腳背，如此，涼涼的海水、涼涼的月光、涼涼的海風，人生應該多一點這種「涼涼的」時候啊。

忽然，璜被一片沸沸揚揚的聲光吸引，開車尋過去到大廟旁邊停下，廟前面臨時搭蓋的戲台正在上演布袋戲，戲台上的男子揮汗如雨還頓足捶胸地大聲吆喝著戲文，加上布袋戲喧鬧的樂音，再加上台下攢動的人頭，十足一個大汗淋漓的夜晚！廣場兩邊各一排攤販，璜先在灌大腸的小吃攤吃起來，一邊叫來冰啤酒。聽老闆娘指著戲台熱心地告訴一個扶著腳踏車的男子：「你一定要看完這齣《藏鏡人》，真好看吔。」

「不看了，該回家了。我今天過生日。」

「過生日喔，有沒有吃豬腳麵線？」

「吃過了。」男子笑笑，扶著腳踏車走了。

「呃，藏鏡人。」璜從不知道布袋戲有這些名堂。他灌下兩瓶啤酒，一點酒精居然在他肚裡掀騰。今晚老感到輕飄飄的，大概剛成交的大筆生意讓他太興奮了，他又替老闆賺進一筆錢，璜自己的紅利當然也為數可觀。原來以為食品是小額生意，可是璜經手的都是百萬元的訂單。

璜站起來參觀一個一個小吃攤，戲台上肺活量充沛的男嗓音繼續在熱情地喊：「金光閃閃，瑞氣千條，大人物出現！」頓時台上「嘣嘣」亂響，台下一陣拍手叫好。璜站在人群後面興味盎然地看了一會，藉著酒意和一身熱汗沒頭沒腦地大聲唸：

「金光閃閃，一陣冷風吹過！」喊完，對著兩邊投過來的眼光笑笑，接著到外面找車。車門一關，大廟前的人聲一下被關到窗外，車裡的時鐘指向九點半，如果開快一點，再一個鐘頭就可以到家。

璜倒車，慢慢把車子開出巷口，開上暗沉沉的小路，小路在微微隆起的坡地上，筆直地伸向天涯海角。璜猜想快要上高速公路了，他加速急駛。兩旁不知什麼景物飛馳而過，天地間只剩下他和他的藍色本田，朗朗明月把車燈照耀下的路面照得更亮，車燈照不到的兩邊襯得更昏暗。

那時候應該快要離開村莊了，路兩邊的斜坡下，朦朦朧朧浮現黑黑的田野。就在那時，那輛腳踏車從黑暗裡蹦出來。不對，璜是感覺撞擊之後，才看到一件重物打在車窗上——是一個人體，打到右邊的車窗再彈出去。明晃晃的車燈裡，一個男體攤開四肢，像大鳥一樣飛起來再降落，然後側臉趴伏在路邊——是那個吃過豬腳麵線的男子的臉！不遠處摔下一堆肢離殘破的腳踏車。

這瞬間發生的一切，快得像電光石火，他措手不及，大腦裡面「轟」一聲地急踩剎車，整個胸腔撲在駕駛盤上，一陣心膽俱裂！璜盲目地再踩油門，向前沒命地狂奔。他肚裡不知是胃還是腸子，這時統統糾纏到一起，一根根、一寸寸地打結，打上死結，把他痛得冷汗直冒。車子駛過一個小站，才稍微平伏下來，卻發現兩隻膝蓋一路都在顫抖，止不住地顫抖，需要兩手很用力按住才勉強壓下。「快要到高雄了。」璜呻吟，「終於到家了。」璜用盡最後的力氣，把車子開到家旁邊的停車場。

停車場很黑，其實只是一小塊空地租給三家人停車。璜下車，軟綿綿地摔了一跤，跪在沙石地上一陣發呆，終於撐起來拿著手電筒照車頭——右邊車窗上千百條裂紋，好像被一張無形的網罩住千百個碎片，硬撐在那裡；它們其實已經粉碎了，就像他的人生，在剛才那一剎那粉碎。

璜回到車裡坐下，不知過了多久終於出來，在巷子裡走著，遠遠地，迎面兩盞強光照射過來，璜退到牆邊的黑影裡。車子來到他身邊，裡面的男人搖下車窗：「阿璜，我一直要告訴你啊就是碰不到，拜託你停車的時候要靠邊一點。你每次停太當中，我很難把車開進去。不好意思啊。」

璜機械地答應：「好的。」忽又惶然說：「我沒有開車，我不會開車啊。」

那人一愣，轉而笑了，沒有再說什麼地把車開走。巷子口一連好幾扇紅門，璜打開其中一扇，經過種著芭蕉樹的院落，上到二樓，他太太阿梅照例在入口的玄關為他留盞燈。璜直接走到開足冷氣的臥室躺下，阿梅在黑暗中偎過來，璜沒有擁抱她，只感覺眼裡乾枯無淚。「我一直等你到十一點才睡下。」阿梅說。

璜翻身背對阿梅，一動也不動地躺著，直到聽見阿梅輕微的鼾聲，才因為實在疲倦跟著入睡。恍恍惚惚混沌間，璜來到田壟上，見一人坐在那裡，忽然摘下頭，兩手掰開頭殼，開始一高一低抽著線，很認真地縫合裡面腫脹的大腦，璜看得「啊！」一聲大叫醒來。在冰窖一般的臥室裡，璜汗流浹背不敢再闔眼。璜知道那人一定死了，璜自己也死了，就在那一個出差之後的夏夜；事發之後，受害者和肇事者一起死了。

璜從此無法在夜裡入睡，只能在天將亮之際，阿梅趕著送兩個女兒去幼兒園，那一點時間裡，迷迷迷糊糊地昏睡一會。家人不在的空屋使他恐慌，外面的人海讓他畏縮，更從此不敢碰車子。如此，白天、夜晚皆精神萎靡，那個夢境變得像幻影。幻影眼熟了，璜看清那個坐在田壟上的人臉，是那個吃過豬腳麵線的男子，臉龐上有長過青春痘的痕跡。璜哆哆嗦嗦地當場跪倒：「我不是故意的，我真的不是故意的，真的不是──」這模樣被進門的阿梅撞見，驚訝地問：「你怎麼了？故意怎麼了？」

璜依舊跪在地上，臉埋在兩膝間啜泣：「我已經死去了！我已經死去了！」

阿梅替他辭去工作，過三年，夫妻二人帶著兩個女兒移居紐約。原以為澈底改變環境可以重新生活，沒想到那個惡夢也跟著出國，璜還是無法在天黑之後闔眼。漫漫長夜，璜養成在地下室聽布袋戲的習慣；聽得多了，自己也動手做布偶玩起來。兩個女兒也跟著玩布袋戲，還在中國年表演給同學看。縫布偶這件閒事，因此變得理直氣壯。

阿梅做著兩份工：一份是每天清晨五點到九點，在肉市做分裝的工作；中午再到一家中國餐館做收銀員。這樣辛苦工作十多年，積存到一筆錢，更累積了寶貴經驗。阿梅跟餐館熟客莊太太交上朋友，兩人在華人聚集的法拉盛合開了一間餐館。阿梅的生活圈雖然漸漸複雜，對璜的關照卻始終如一。阿梅相信，那個溽暑的夜晚如果沒有出過怪事，她的能幹的老公，一定會憑自已的努力變成千千萬富翁。雖然阿梅至今不清楚，那個夜晚確實出了什麼事，對於親友間紛傳「撞邪」的說法，也半信半疑。

「今天莊先生又去廚房裡幫忙，我看他一把眼淚一把鼻涕地剁洋蔥，就做了一杯珍珠奶茶請他喝。」阿梅深夜回家，經常告訴他餐館裡的瑣瑣碎碎。璜早就聽說莊先生自從二十年前出過車禍，人就顯得呆笨，莊太太偶爾帶他去餐館打雜，免得莊先生每天窩在家裡。這點跟璜的遭遇很像，兩位太太除了做生意夥伴，相互間因此特別體貼。璜從未去餐館露臉，莊太太偶爾去他們家，忽忙進出間兩人照過面，平常也沒有來往。餐館生意十分辛苦，兩家人沒有其他朋友，生活單調乏味。

「我實在看不出莊先生從前會打太太，聽說他原來脾氣火爆，經常對莊太太拳打腳踢。」

璜聽得微微一笑：「有這種事？」

「是啊，莊太太說的，她不會亂講話，沒什麼好亂講的。」阿梅轉身上樓。璜見她好像不高興了，也沒有說什麼。璜總覺得事不關己，到如今，除了氣候，沒有什麼會影響他。阿梅前幾天給他一包零頭布，讓他努力縫布偶：「只要手工做的都值錢，老公你就多多益善地縫，我將來替你賣。」

阿梅這一鼓勵，璜的動作反而慢下來。璜認定自己活在洞穴裡，或者像幽靈，他自己也不知所以，更從未想過做布偶賺錢。最近那張熟悉的吃過豬腳麵線的臉，顯得老邁富態起來，也不再摘下腦袋嚇唬璜，只是神態從容地凝注雙眼，跟璜四目對看。

璜經常被看得移開眼光，只有這樣的時候能催促他，一針一線、一起一落加緊縫布偶。「靈通長老仔細聽著，雲州有一名自稱太儒俠之人，向本鏡而來，此人乃屬於太陽星宿。」璜在自己嘟嘟囔囔的唱唸聲中鎮定自如。這是他縫布偶必誦的經，所有的妖魔鬼怪都降服在他的誦經聲裡。他每天凝神聚氣，把整套整套的戲文反覆背誦。

他們家幾乎從不開伙，兩個女兒放學直接去餐館吃飯兼跑堂，璜自個在家隨時熱剩菜。按說已經非常方便，他卻日漸疏懶，現在連微波爐熱菜都嫌煩，只等母女三人下班回家，為他帶飯菜回來吃。如果兩手空空回來，他就決定什麼也不吃。他的妻女儼然成了朝聖的門徒，而他就是在深山修行無所謂吃飯的印度高僧。這一日，阿梅又帶回他喜歡的滑蛋炒飯，璜已經一天沒有進食，打開炒飯依舊一口一口嚴肅地送進嘴裡。阿梅在旁邊拆看郵件，一邊說：「下星期四是你的五十大壽，我已經訂好一桌酒席菜，我們跟莊家兩口，帶上餐館員工一起慶祝。」

璜聽得嗆出一口飯，連聲拒絕：「不要！不要！不要！不要！」

「你從來不去餐館，不知道我們餐館裡面也有宴會廳，裡面安安靜靜，你見不到別人的。」

璜黯然無語，阿梅接下說：「五十大壽不做，人要倒楣的。」

「胡說八道！我就不過五十大壽。」璜突然發火。

阿梅著急起來：「五十大壽我都不給你做，人家會怎麼說我？而且，你每天關在屋裡多少年了？美國長什麼樣你知道嗎？外面的世界什麼樣你知道嗎？」

璜啞口無言。到了星期四晚上，他的大女兒夏麗開車回家接他。璜穿著過時的西裝，委屈地跟夏麗從餐館的後門直接進宴會廳，迎面一張大圓桌鋪著大紅桌布，上面一套套餐具已經擺好。夏麗扔下他說：「爸，你跟莊叔叔聊一會，我們大家略等一下過來。」

璝第一次見到聞名已久的莊先生。莊先生顫巍巍坐在背對門口的位置上，穿一身雪白西裝，聽到他們說話的聲音轉頭，他打著淺藍條紋的領花，領花上的臉清癯蒼白、略顯浮腫，轉頭的姿勢因為緩慢顯得像旋轉的木偶。璝一下呆住：「是你啊——這次你的頭會不會掉下來？」

「不會，我每次都告訴你不會。你老是喊說我的頭會掉下來，我每次都告訴你說不會、不會。」莊先生口齒不清卻焦急地答。

「咦，你們認識嗎？」阿梅跟莊太太同時進來，一起問。

璝跟莊先生心無旁騖地一起凝目對視，璝於是雙手合十，嘴裡開始咕咕噥噥地唸：「搖呀搖，搖呀搖，風吹飄搖，人死過橋，十年恩，十年怨，回首殘照——」

「我每次都告訴你，你唱布袋戲好像在唸經，不好聽啦。」莊先生又是口齒不清地說。

「他們真的認識！」兩位太太一起驚呼。

「請坐呀壽星。」莊太太首先回過神來，把璝推到莊先生旁邊的主位，「兩位先生這麼有緣早該見面，我們太不會辦事了，真是罪過。」

阿梅驚疑不定，張著嘴說不出話。廚房不停送菜進來擺滿一桌，人也漸漸到齊，連大廚都抽空出來敬酒。

阿梅已經鎮定下來，臉色平和地看著手足無措的璌和莊先生，忽然若有所悟地問：「老公，你們兩位是那年你出差的路上認識的吧？」

璌沒有聽進去阿梅在說些什麼，卻瞬間站起身撥開莊先生的頭髮：「就是這條疤，我看過的，就是這一條。縫合線這麼難看，好像蚯蚓在爬，一點也沒有我的布偶縫得好。」

莊先生突然眼淚汪汪地望住璌：「醫生縫得不好看，麻醉也上得不夠，我好一陣痛啊。」

「對不起，對不起，現在沒事了，我們都挺過來了。」璌把那顆頭顱輕擁入懷，「現在沒事了。」

次日，璌第一次開車送阿梅去餐館，開車的技術在幾分鐘適應之後，就跟二十年前一樣，毫不含糊。璌也惦記著莊先生，從今而後，他的時間和精力，他全部的餘生都屬於莊先生。素昧平生的兩人，終於要親密地走到一起。人生路上，他摘下的苦果，終於嚥下肚了。

璸帶著一箱藏鏡人的布偶，這些布偶，即便多半橫眉怒目，此時再看，卻一個個搖身變得慈悲、憨厚起來。那一個溽暑的夜晚，莊先生沒有看完的《藏鏡人》，璸要表演給他看。璸把莊先生的地址設定在車裡——「靈通長老仔細聽著，雲州有一名自稱大儒俠之人，向本鏡而來——」璸哼著爛熟的戲文，右腳輕踩油門，他這就要去陪伴莊先生。

校園緋聞

一九七五年九月，紐約市的X大，這所常春藤盟校的校園裡盛傳一件緋聞，緋聞的男主角高大英俊且熱衷社團活動，來自美國中南部的白人中產家庭，他能夠躋身於X大，自然也是一流學生。女主角廖勝美高中畢業跟隨家人從香港移民來美，因為長相平凡，加上自幼雙腳小兒痲痺，早已養成低頭的習慣。近三十年了，她雙腳套著鋼架，一路艱難地行走過來。春天短暫開過的櫻花覆滿人間裡的小徑，夏天太陽下的影子，秋天的落葉和冬天的積雪，她比誰都熟悉；這些無比的美麗在地上被所有的髒鞋賤踏，她也看得比誰都真切。她是落寞且乖僻的，她沒有任何朋友。如此不對稱的一男一女，因為某種因緣際會竟結合在一起！消息一走漏，迅即在校園裡爆炸開。據說是女權份子炒作的結果，這件緋聞被歸納入婦解的浪潮之內，大夥竊竊私語之餘，難免追問玄機何在？

X大校園裡，這兩三年處處可見一個粗矮的身影，一步一顛穿梭在文學院跟圖書館間的大樓。腳上的鋼架，在每一次顛簸移動間殘酷地限制它前進的速度。她的大腦和她的心，遠遠地跑在她殘廢的兩腿之前，這迫使她無法做一個實踐者，永遠只配做理論家。

開學期間，照例有一連串歡迎新生的活動，那是廖勝美在研究院的第三年，她已經見識過太多美國大學生的瘋狂行徑，其實也沒有新意，不過就是喝酒、喝酒、喝酒，和喝醉之後打架鬧事。這天傍晚，廖勝美出了圖書館一跛一拐走在校園裡，背後跟上一個香港來的女生。「勝美，今天晚上兄弟會在學生宿舍裡有派對，對所有人開放，很多中國同學要去，妳也去嗎？」

廖勝美轉頭看那女生一眼，略想了一下，說：「大概去吧，去看熱鬧。」

「聽說那些男生喝酒喝得很凶，很危險，不會出什麼事嗎？」那女生神經質地咯咯笑著問。

「妳也喝酒嗎？哪會出什麼事？」廖勝美突然冷淡地反問。她討厭那些矯揉造作的女生，尤其是新來的，她們多半認定她不是對手，跟她說話間經常很露骨，她就討厭她們那樣。

「就是有點好奇想去，可是又不曉得到底要不要去。」女生還是笑著，邊走邊停地等身旁的廖勝美。

「妳有事先走吧，不必陪我。」廖勝美站住說。

「哦？好的，對不起，打攪了。」女生驚覺地斂起笑容，匆匆走開。

她自己慢慢走出校園，過一條街到她的公寓。她住在一樓，大門入口旁邊第一間。父母體諒她，不僅處處為她爭取各種福利，且多花錢讓她單獨住，遮掩她去掉鋼架之後的寒傖相。她小心地把背包放到桌上，再小心地從冰箱裡找出一些火腿、黃瓜、橄欖之類的冷食，胡亂吃起來。她吃東西多且快，跟她的學習一樣，可以大量且迅速地吸收，像海綿、像沙漠一樣迅速吸收卻使不上力，食物無法在她體內轉化成力氣。她只要不出力就沒問題，雖然，她渾身上下方方整整的顯得很結實。但是因為年輕吧，她短而直的黑髮油亮，方圓臉上老是油膩膩的，連粗短的睫毛都閃著油光。

她在浴室裡用溫水洗了一把臉，臨出門之前再洗一把臉，確定臉上皮膚清爽沒有浮油，這才出門又過街回校園。街上沒有行人，已經快十一點了，被燈光照耀得像白晝的學生宿舍的大樓裡，傳出一片笑語聲。她熟門熟路地上樓，走廊裡迴盪著 Bobby Darin 的〈Beyond the sea〉，是她聽熟的歌，也能跟著哼唱：「Somewhere beyond the sea, Somewhere waiting for me, My lover stands on golden sea, And watches the ships that go sailing…」熾熱卻夢幻般的歌聲煽動一顆一顆青春燦爛的心，她一路打著招呼，來到堆著食物和酒的長桌前。「It's far beyond the star, It's near beyond the moon, I know beyond the doubt…」Bobby Darin 繼續在唱。「學長，敬妳一杯。」一個她不認識的中國男生遞上一杯雞尾酒給她，她就著暖融融的氣氛猛喝一口。「哎喲，誰調的酒？這麼烈！」

她吃驚地問，沒有人回答。大家多半醉了，各自飲酒傻笑，前言不對後語地高聲說著話，有幾個女生醉醺醺吊在爛泥似的男生身上，看來就像那個香港女生所說：很危險，要出事了。

在這種場合裡，太冷靜就沒意思。她總是玩不起來，就因為心裡面太冷靜了，冷冷靜靜觀察周圍的一切，像間諜或者自認為是先知？好沒意思！她因此得到什麼了？她忽然有點想哭，一仰臉把剩下的酒喝得一滴不剩，然後把空酒杯放到桌上，大聲說：「再來一杯！」

「We'll meet, I know we'll meet beyond the shore…」Bobby Darin 快要唱完了，她無端地又一陣傷心。身邊兩個男生騰出多一點空位給她，並且另外傳給她一杯，是他們喝剩的半杯威士忌加蘇打水加白蘭地加香檳加不知什麼——這次她只啜了一口，沒敢再啜第二口，手裡的酒已經被別人搶了去。

她一扶一拐到另一邊桌上，拎起半條義大利香腸吃；感到油膩，再吃一片火雞肉。兩個男生正把幾片火雞肉在桌上丟來丟去玩起來。「你是火雞！」一個醉眼惺忪地說。

「我是孔雀！你是火雞！」另一個更醉，把一片火雞肉丟過去。

「你是火雞！」又一片火雞肉飛出去。
「我是孔雀！」火雞肉飛過來。
「你是火雞！」火雞肉再飛出去，加入幾個人玩起來。
廖勝美跟著四周的人笑，她沒有見到其他的東方女生，下午那個香港女生也不在。膽子真小啊，太過分地保護自己了吧？她又過去端一杯酒，調酒的男生說這種長島雞尾酒很有後勁。「啊，是嗎？」她笑著，做出老學長的姿態到牆邊一把椅子上坐下，地上橫七豎八醉倒好多人。雞尾酒甜膩、濃烈十分好喝，她自制地一口一口小心地喝，還是連喝了兩杯，忽然感到活得好輕鬆，心裡面什麼壓力也沒有了。周圍的喧鬧聲跟著靜止下來，靜悄悄地、靜悄悄地，像雨後靜悄悄的三合院，只剩下雨珠從屋簷跌碎在石階上的聲音。
她看到每一間宿舍的門都大敞著，她想躺一回；搖搖晃晃尋過去，裡面黑影幢幢，鼾聲醉語間夾奇異的、她無法分辨的什麼聲音，努力看去只覺兩眼昏黑地天旋地轉。找到下一間，地上伸過來一隻手試圖捉住她的腳踝，卻只捉到她小腿上的鋼架。她嚇一跳，差點摔跤，酒醒了一半。退到下一間，地上照樣躺滿了人，靠窗的小床上卻只有一人躺著。她移過去坐到床沿，百頁窗的夾縫裡投射出月光，正好映照床頭酣睡的男性的臉——五官勻稱完美得像石雕，雙眼緊閉，呼吸沉重地不知正進入第幾個醉夢裡？除了她的父兄，她從沒有這樣細看過一個異性。她近乎痴癲地伸手到那臉上撫摸起來，一顆心卻加速跳動，之猛烈使她禁不住哀叫，心跳至喉嚨，從她嗡動的口腔裡跳出來。「是妳嗎？」她的手被拉住，她驚慌地順勢躺下，終於面對面。廖勝美記得見過這個好像是大二的白人男生，好像屬於文學院，可是外表看來更像運動員。她自卑地撇開臉，深恐被認出，心驚肉跳地把頭臉整個埋入為她張開的臂彎裡。「啊，是妳嗎？」男生又含糊地咕噥。一片混濁的酒氣和火熱的體溫，使她興奮得泫然欲泣，她顫抖地伸展兩臂緊緊夾抱住眼前的男生。

次日醒來，宿舍裡猶自昏昏的半明半暗，廖勝美見男生裸身背對她躺著，她自己的身體則裹在一條大毛巾裡。屋裡另一面的大沙發上蜷縮著一個光膀子的棕髮男生，地上橫七豎八也睡了一地的男女。她因為兩隻小腿整夜戴著鋼架以致移動不得，好不容易才坐起來，用兩手不斷搓揉麻木僵使的肌肉。這一連串動作喚醒宿醉未醒的男生，等他一看清眼前的局面，喉嚨裡吼叫一聲連爬帶滾地下床，抄起一件衣服遮掩下體，一路跌跌撞撞地狂喊著——像重創的野獸，因為巨痛狂喊著，奔過走廊，狂奔入破曉的校園裡。

男生當時就休學回他的家鄉，後來轉到一個小學院就讀。廖勝美的肚子漸漸大起來，她母親來看她，以為天生命苦的女兒得了怪病，焦急地說：「我們去醫院做全身檢查，不論得什麼再麻煩的病都要治好。」

「什麼病呀病的？誰跟妳『我們，我們』！」廖勝美惡聲惡氣地回嘴。

她母親不知所以地呆望她，母女在狹窄的房間裡沉默對坐。廖勝美終於說：「我懷 baby 了，我要把他生下來。」

她母親沒有覺悟出來，微微笑著。

「妳和阿爹要為我準備一筆錢，我要把小孩生下來。」

她母親驚訝得說不出話。廖勝美接著再吩咐：「頭三年妳要辭掉車衣廠的工作，幫我帶小孩。」

如此，無庸父母費心地，一切都在她的安排下進行。她在第二年生下一個金髮男孩，而且沒有耽擱地拿到博士學位。找工作的期間，常見她推著嬰兒車逛街，也在教堂的水池旁邊曬太陽。她不久在一個人文基金會找到工作，憑著高學歷和始終不斷的努力，迅速升遷。她的雙腿因長年治療，終於可以拆掉鋼架，雖然她還是一顛一拐地在走路，卻像獲得新生一般，感到從未有過的自由。她常常帶著兒子國內國外到處旅行，當然，難免要回答「父親在哪裡」的問題。這時她會牽著兒子的小手，到十字架前虔敬地跪下，答案早就準備好的：「兒子，你是通過上帝的恩惠賜給我的，我雖然卑微，你卻純潔得像一個聖嬰。」

現在，她是三個孫子女的阿婆，她的兒子遺傳她的睿智和方頭大臉的長相，加上運動員的體型，很有大丈夫的架勢。做兒子的常在週末帶著妻子和孩子們來陪伴廖勝美，廖勝美也努力翻閱食譜，為兒孫們燒家鄉菜。他們帶來的歡聲笑語，充滿在她三房一廳的公寓裡。她對生活心滿意足。有些人認定她得來不易的幸福，是她一手設計的。其實，她真沒有想到那一次，對多數人只是又一次地腐敗墮落，對她卻是一個奇蹟的那一次，她把握住機會，為自己創造了一個，即使健全美貌的女子，也未必擁有的美好人生。她在那一次改變了自己的命運。

雙姝戀

她們同時認識阿罕，一定要分個先後的話，就算林愛梅先認識的吧，是林愛梅首先看到阿罕從許麗的背後走過來。

那是在一個法國文化基金的籌款餐會裡，餐會之前先有一場提琴演奏，一屋子法國人，連台上表演的，也是法國作曲家的作品。許麗握著節目單，眼光從一個接一個拗口的人名上輕輕滑過。小提琴纏綿、溫婉的樂音，在古色古香的會場裡流轉。許麗盯著牆上垂掛的落地窗簾，陳舊的粉藍絲絨滾金邊，映襯門邊的石柱和沿牆細巧的雕花。她不懂古典樂，只覺得好像坐在古代的法國宮廷裡，而在半空間奔跑的音符，正在每個人身邊和沿牆凹凹凸凸的紋路裡鑽進滑出，真像在做遊戲。

演奏的時間只有一個鐘頭，她還在神思游離，音樂會已經結束。接下來的餐會，她知道不是可以坐下來一道接一道上菜的正式晚餐，根據主辦人賈克琳的說法：「是值得期待的法國小吃。」她很好奇，跟隨小隊伍魚貫而出。到隔壁另一個宴會廳，迎面大瓶鮮花，三張鋪著白桌布的長桌上，擺滿酒水飲料，銀器、玻璃杯，另外烤肉、燻魚、鵝肝、烹蝦、起士、糕點、水果、蔬菜。五六個侍者托著銀盤穿梭在賓客間，銀盤上盛著各色開胃小點。許麗和林愛梅各端一杯香檳啜飲，發覺耳邊灌入的淨是柔軟、濃稠的法文，林愛梅縮了下肩膀說：「我們來這裡會不會有點傻？」許麗想到兩百元一張的餐券，想到她們並不熟識的主辦人賈克琳，為了推銷餐券，還假意問她們：「妳們喜不喜歡歐洲男人？」實在令人肉麻，不覺就聳了聳肩：「我們說我們的中文吧。」手裡搖晃一下已經見底的空杯。「下一杯喝白酒？」她問向林愛梅。耳邊卻傳來洋腔洋調、歪歪扭扭的中文：「妳要白酒嗎？我去幫你拿。」許麗回頭，見一個西裝筆挺的中國男生，笑吟吟來到旁邊。

「你是ＡＢＣ？」許麗後退一步，打量眼前這個長得相當好看的大男生。

「是呀，ＡＢＣ，你們是這樣叫美國出生的中國人。」阿罕說著，過去替她們端酒。許麗和林愛梅相視微笑。「妳看那邊，還有一個東方人。」許麗順著林愛梅的眼光望過去，果然見一個五十好幾的東方人，帶一個年輕的法國女人，兩人好像是男女朋友的關係。阿罕遞酒過來，也順著她們的眼光望去，「他也是中國人，常常捐錢給這個組織。」

「你怎麼知道？」林愛梅問。阿罕說那人礙著賈克琳的面子，幾乎每年都參加這種餐會。

「你是做什麼的？」林愛梅又好奇地問。

阿罕做勢想了一會才說：「我是男人內衣廣告的模特兒。」

「哇，你的確像模特兒。」許麗驚呼。

阿罕「噗哧」一聲笑出來，林愛梅認真地追問：「你是做什麼的嘛？不要開玩笑。」

「妳居然相信！」阿罕面對許麗還是哈哈笑個不停，好一會才說：「我是建築師。妳們呢？」

「我現在沒工作，之前在銀行上班。她在一家商行，我們都搞財務規劃。」許麗老老實實地報告。

許麗和林愛梅來自台灣，兩人是商學系研究院的同學，已經做了四年的室友。像阿罕這樣講一口蹩腳中國話的男生，她們在學校裡也認識幾個，因為談不到一起，從來不來往。但是阿罕跟他們不一樣，他彬彬有禮地給她們端酒、挑食物，英文夾雜幾句中文地有說有笑。賈克琳正在賓客間周旋，這時來到他們三人面前，問：「你們原來認識嗎？」說著，眼光在他們三人臉上曖昧地搜索著，一轉身，又花蝴蝶似的轉去另外一圈人那裡。

許麗忽然對著阿罕肩上深嗅一口：「你是不是搽香水？」

阿罕笑一聲：「上小學的時候，學校裡的老師教我們搽古龍水，可以遮蓋身上屬於動物的氣味，後來發現東方人沒有那種氣味。可是每次出來玩，還是喜歡搽點古龍水，習慣了。」

許麗和林愛梅聽得相視一笑，阿罕見狀，問：「很好笑嗎？」

「也沒什麼，」林愛梅說，「只是在台灣沒遇見過男人搽香水。」

「不是香水，是古龍水。」阿罕認真地糾正。

兩人一聽，忍不住嘰嘰咕咕又笑起來。從笑眼裡對望著，一起敏感到什麼，是什麼？許麗第一個感到怕怕。

許麗高挑白皙，落落大方；林愛梅皮膚略黑，五官不如許麗端整，但也自有她的嫵媚。兩人其實長得不相上下，書也念得不相上下。她們且有許多共同的喜好，譬如現在，兩人對阿罕的印象一樣好，一分不差地一樣好。那麼，就看阿罕決定了。阿罕會不會約她們其中一個再見面？會嗎？會嗎？許麗開始胡思亂想，且不知怎麼，她覺得林愛梅也同一門心思。

林愛梅原來有一個論及婚嫁的男友ＫＣ，不久前才吹掉，因為ＫＣ變心，戀上一個美國女孩。

ＫＣ在華爾街上班，雖然股票市場大不如前，ＫＣ卻精明能幹，一直穩坐高薪職位，跟這位阿罕很不同型。阿罕有股傻乎乎的憨態，不斷在呼喚她們的母性。許麗想得幾乎痴了，見林愛梅正在跟阿罕交換手機號碼。阿罕忽然轉向許麗，問：「妳的手機號碼？」又掏出一張名片，「我只有一張名片。」說著，把名片交給許麗。林愛梅卻伸手奪過，「我看看你的名片。」接著嘖嘖連聲地說：「這麼漂亮的名片，建築師算半個藝術家吧，我知道你們品味都很好。」

許麗抽手想要回名片，林愛梅自管丟入皮包裡，一闔。賓客漸漸散了，他們跟著到樓下取外套。阿罕幫許麗穿大衣，林愛梅過來說：「走吧，走吧，我們該走了。」

許麗問阿罕：「一個朋友過生日，你要不要一起去？」

「不去了，我回家還有點工作。」阿罕說。

他們出了大樓，來到第五大道上，對街的中央公園這時暗沉沉的，街燈霧濛濛映照著樹上的黃葉。夜已深沉，街上卻車流不斷。

他們沿著人行道走到七十二街，攔下一輛計程車，兩位女士要穿過中央公園去西城，阿罕自己朝第三大道的方向回家。

計程車正在穿過漆黑一片的公園。「這公園裡面不會有夜出的小動物吧？小浣熊什麼的。」許麗打破沉默地自問自答，「唔，應該也不可能，牠們白天沒地方躲。」

見林愛梅一直悶聲不響，許麗接著問：「為什麼讓我自言自語？」

林愛梅終於一個字一個字清清楚楚地回應：「妳明知道我喜歡阿罕，為什麼故意霸住他？太不厚道了吧？妳明知道我跟ＫＣ剛吹掉，傷口還在流血，妳還要補上一刀！妳太可怕了！」

「妳，妳怎麼……」許麗一陣結結巴巴，好不容易才理出頭緒，「怎麼說得，好像道理都在妳那邊……」心裡面一句：「失戀是妳自己的事，跟阿罕、跟我，什麼相干？」到底不忍心說出口。

計程車出了中央公園，停在她們要去的酒吧門口，兩人暫時偃旗息鼓。鑽出車，經十一月秋涼的夜風一吹，同時清醒了許多。

她們一前一後進入狹窄的玻璃門，門裡燈光昏暗，卻熱烘烘傳來一片笑語聲。迎面一個吧檯，泰國酒保含笑望她們一眼，算是招呼。她們進入後面的餐座，一眼就看見今天的壽星蒙妮卡。大家紛紛挪出座位，許麗和林愛梅分坐長桌的兩頭。許麗不想再喝酒了，點了一杯咖啡。見林愛梅點長島雞尾酒，有點想提醒她，那個雞尾酒後勁很強；話到嘴邊，還是嚥了回去。

果然不出半個鐘頭，林愛梅開始揉著眉心趴到桌上，蒙妮卡問向許麗：「她今天晚上怎麼怪怪的？」

許麗淡笑著應：「我們來之前已經喝了不少，她醉了。」蒙妮卡因此打聽法國文化基金餐會種種，正說間，許麗皮包裡的手機響起。許麗掏出手機，轟亂聲中，只聽出手機裡的聲音是阿罕，她趕忙起身朝後面女廁走去；倉卒間見林愛梅猛然從桌上抬頭，兩眼渙散地望著她。

「怎樣？那裡好不好？」阿罕問。

「不錯，不過我們快要離開了，愛梅在這裡點了一杯雞尾酒，已經喝醉了。」

阿罕笑一聲：「妳喝什麼？」

「咖啡。」許麗頓一下，「等我回去打電話給你。」

許麗回到座位上，林愛梅已經站起來，說：「我先走了。」

「走吧。」許麗跟在林愛梅後面。一到街上，見林愛梅搶先到街角，對著公共垃圾桶翻腸倒胃地大吐。幾個路過的白人男女見狀，大聲呼喝著：「嗨，嗨，她沒問題嗎？」又幫忙叫車。她們其實住得不遠，可以走回公寓的。林愛梅一路閉住眼睛，臉色灰白。回到她們住的大樓，在電梯裡，許麗見她氣色好些了，因此問：「舒服點了嗎？」

林愛梅僅「呣」一聲回應，直到開門進屋裡之後才開口：「剛才是阿罕打來的電話嗎？妳是不是告訴他我喝醉了？」

許麗一下子非常窘，好像做錯了什麼，被林愛梅逮個正著，竟不敢吱聲。林愛梅倒也沒有再追問，但是許麗洗完澡從浴室出來，聽到林愛梅關在臥室裡打電話，有說有笑，一點不像才在大街上大吐過。許麗躺到床上給阿罕回電話，佔線。林愛梅在隔壁講話的聲音，從她這裡聽來「嗡嗡」響，只有笑聲較清晰，林愛梅好像不斷在笑。許麗差不多每隔十分鐘按一下號碼，一直佔線、佔線。

她忽然醒悟林愛梅為什麼讓她先去洗澡！兩人間早就養成習慣，總是由林愛梅先佔用浴室。想到這裡，再回想車過中央公園時，林愛梅的一番話原來並非無的放矢。許麗由床上一躍而起，從前聽一個混太保的男生說過，兩人交鋒的時候，一定先下手為強，要一拳打上對方要害，才能致勝。難道她已經挨上致命的一拳？事情怎麼會這樣呢？她跟林愛梅合租四年公寓，這是很難得的情誼，怎麼會變成這樣？

許麗還是疑疑惑惑的，她把耳朵貼到牆上，仍然只聽到「嗡嗡」聲。林愛梅和阿罕已經聊了近兩個鐘頭。三人分手之後，阿罕的電話是打給她的，而且直覺告訴她，阿罕有意於她，並不是愛梅。怎麼變成這樣？許麗熄燈，重新回到床上躺下。也許因為最後那杯咖啡，也許因為翻騰的思緒，她竟無法闔眼。阿罕的身影老是擋在眼前，他身上帶股自然閒適的瀟灑，加上建築師這個行業所具備的嚴謹態度，使他特別吸引人。跟他相處一室的歡悅，誠然為她和林愛梅所擁有，然而，剛才阿罕在她身後幫她穿大衣的時候，他身上古龍水的味道，和他呼吸間淡淡的酒氣，是如此貼近，好像耳鬢廝磨過，或者已經滲入她的肌膚裡。那點愛意如此清晰，使她不由得陶醉，竟至心痛起來。

第二天早上，許麗醒來後，一動也不動地躺著。好不容易熬到十點，才撥電話給阿罕，卻好像關機，再怎麼努力撥也沒有人接。許麗感到這不是一個吉兆，昨夜種種應該讓它過去了，何必強求？因為林愛梅來搶，所以特別不肯放手嗎？她到客廳，見林愛梅臥室門緊閉，莫非大清早已經出去跟阿罕約會？許麗失笑。她還是不相信阿罕昨夜那一點情意是假的，就算僅僅是一丁點的情意，那也假不來。許麗打開電視，如果林愛梅還在睡覺，正好吵醒她問個明白。

林愛梅終於蓬頭出來了，咕噥一聲「早！」轉身進浴室。許麗真恨不能讓阿罕看到林愛梅這副鬼樣子。等林愛梅漱洗完畢出來，「要不要出去飲茶？」許麗問。自從林愛梅跟ＫＣ關係完結之後，她們幾乎每個週末一起去中國餐館吃廣式早點，然後再去第五街上消磨半日。

「太早了。」林愛梅在另一張沙發上坐下，慢吞吞地說：「我跟阿罕約好中午去中國城飲茶。」

「哪一家？」許麗問。

林愛梅扭頭對著許麗：「我們之間要有一個人退出！趁還沒有開始之前，請妳退出。」

「妳怎麼這樣蠻橫？」許麗跟林愛梅四目交接，許麗一肚子委屈，也自眼裡滿溢而出。

「嘴巴不要太刻薄，什麼叫蠻橫？我只是客氣，請妳不要留在我跟阿罕之間搗蛋，請妳退出！」林愛梅盛氣凌人地回嘴。

許麗氣得渾身打顫，撲向前揮去一個耳光。林愛梅冷笑著接住：「妳敢動手打我！不怕笑死人嗎？阿罕是妳什麼人？」林愛梅站起身進臥室，「今天算我倒楣，挨了瘋子一記耳光，不跟妳計較。」「碰」一聲，關上門。

許麗愣在當地，不僅震驚於自己的失控，對林愛梅一次又一次地口出惡言，更感錯愕。她懊喪地撫著臉坐回沙發，等待心境平伏。過了近半個鐘頭，許麗終於過去扣兩下林愛梅的房門：「愛梅，妳既然要去中國城，不要忘了帶點好吃的回來。我要騎腳踏車去中央公園。」沒有等林愛梅的反應，她逕自回臥室換好運動服，再出來推腳踏車。臨出門，聽林愛梅在裡面喊：「路上小心啊。」

許麗穿過 West End，進入中央公園，星期日的中央公園裡，淨是遛狗的和騎腳踏車的，陽光明媚地照亮一樹一樹的黃葉、紅葉和枯枝。許麗在車隊裡前進，路邊的麻雀、鴿子一起驚飛，秋風在耳邊呼呼而過，空氣清新脆爽，使她感到身心飽滿極了。

許麗離開車隊，找到一條長凳坐下，秋風瑟瑟，但是經過這一路的運動，她渾身熱呼呼地出著汗。她望一下腕錶，已經過十二點了，不由得還是想到林愛梅和阿罕已經見面了。每次她們出去吃飯，總是林愛梅點菜，不知她今天要為阿罕點什麼菜。許麗也餓了，卻不想吃什麼。她給蒙妮卡打電話，聊了幾句，又匆匆掛了。她覺得阿罕沒有見到她跟許麗一起赴約，一定會跟她打電話，因此耐心等著。回家途中，手機響起，她慌張地跳下車接聽，發現不是阿罕，使她失望得手足無措。她回家沖過澡後，一會躺到床上，一會坐到電視前，繼續等著；越等越鐵下心，絕不再打電話回去。到了下午三點，阿罕始終沒有打電話來。

原來她覺得阿罕一定會打電話來，是錯誤的判斷。可見，她覺得阿罕有意於她，也是錯誤的判斷。一時的感覺，竟然只是個人的幻想，整個是錯誤的，十分不可靠。不知林愛梅跟阿罕說了些什麼？怎麼說她？說她另外有約會？無論林愛梅說什麼，阿罕顯然都信了。林愛梅的話是可信的，阿罕自己的感覺反而不可信。許麗不斷推想下來，內心實在淒苦。

屋裡全黑了，只有電視機亮著。許麗在電視機前不知睡了多久，她想到冰箱裡找東西吃，卻不甘心這個週末就這麼度過，還是到那家熟悉的西班牙餐館——她揀了一個角落的位置坐下，點了烤魚、黑豆米飯和水煮四季豆。她把所有的檸檬統統擠到食物上，擠得乾乾淨淨才吃起來。西班牙食物就那麼幾道大菜，只有一兩種燒法，吃起來也就是食物的原味，還不壞。她還喜歡他們的芋頭，興致好的時候會點一小盤，吃個精光。

吃完飯，許麗慢慢逛回去，多半的商店都打烊了，夜晚的溫度比白天低許多。她敞著大衣領口，讓冷風吹著。彎進她們那條橫巷，見林愛梅走在前面，她今天穿米色短大衣、黑長褲、高跟黑筒靴，手上拎一個小皮包，挺直腰桿，不緩不急地走著。她總是有一種自信滿滿的樣子，那樣子，許麗曾經真心地誇讚過；這時看來，卻不由得要問，她到底哪來那麼大的自信？人活在世，需要那麼些個手段嗎？到了大樓門口，許麗才趕上前，林愛梅扭頭見到她，立刻綻開笑容地招呼：「哎，妳也回來了。」許麗沒有回應，兩人一起進門，再上樓回屋裡，沉默地，各自關進臥室。

林愛梅固定早上八點出門，許麗沒有辭職之前，兩個人常結伴同行，因為搭同一線地鐵。賦閒三個月了，許麗還是每天七點準時醒來，失業的好處是，醒來之後還可以縮回被窩裡睡回籠覺。這三個月來，對於每天賴床到十點，然後上街閒逛的日子，原本甘之如飴，這時想來卻羞愧難當。其實，她並不好吃懶做，以為想要的東西，自動會從天上掉下來，實在是職場裡的明爭暗鬥令人生畏；另外，那個有一雙色眼的經理，他還有一雙常常「不小心」會摸到許麗屁股上的毛手，真是讓她噁心得想吐。

她原本不想再上班了，最好結婚生子，像舊式婦女，大門不出二門不邁，頭上壓下來的天，心愛的男人自會替她頂住。但那談何容易？她每天遇見的異性，哪有一個可以如此託付終身？難得遇見一個順心順眼的，這不連好友都用足心機過來搶？別人搶得走的，注定不是她的。她快三十歲了，三十歲是一道門檻，多半的人輕易跨過，但，如果繼續她眼下的情況，跨過那道門檻之後，會顯得十分可憐。「何必讓別人可憐我呢？」許麗懊惱地想。

她開始坐到電腦前瀏覽職場，精挑細選出幾個工作，一個一個去面談，每次都因為待遇或工作地點而沒有下文。人生總是這般不如人意，依她現在的心情，恨不能立刻找到一份令林愛梅眼紅的工作，並且擄獲一個領高薪又英俊瀟灑的男士，好在林愛梅面前揚眉吐氣一番。然而，這一切距離她都很遙遠、很遙遠，也許永遠搆不著。

耶誕節前，許麗知道林愛梅正在到處找公寓，計畫搬出去單獨住；許麗也不想另找室友，雖然負擔加重。她好像忽然獨立起來。原來跟林愛梅在一起的時候，許麗總是扮小，其實她長林愛梅半歲，但是她心態較稚嫩、具依賴性，使她樂於扮小。林愛梅要搬走了，倒好。許麗雖然單身在國外五年，卻從未單獨居住過，從今而後，她不再找室友了。

林愛梅過完年搬家，那天下著細雪，許麗在客廳裡看林愛梅把打包好的紙箱推到門邊。「我的家具都不要了，我已經買了新的。」

許麗沒有應聲，林愛梅接著打電話到樓下，請管理員上樓幫忙。才說完，門鈴卻響起，林愛梅飛到門口拉開門，見阿罕站在那裡——他的肩上和帽子上沾著雪花，還是一臉憨憨的笑容。許麗眼睜睜地看著眼前的一切。阿罕輕輕一下擁抱林愛梅，接著大步上前伸手跟許麗一握：「妳很忙啊？」

許麗微微一笑：「忙著找工作。」

「是嗎？」旋即轉臉對林愛梅一笑，問：「都收拾好了？東西不多嘛。」

「家具留給許麗，就不剩什麼東西了。」林愛梅嬌聲說。

「妳這些沒用的家具，我將來還要花錢請人搬出去丟掉。」許麗還嘴。

阿罕一逕笑著，這時又面對許麗：「從去年餐會之後，再也見不到妳，妳老是忙什麼？」

許麗聽得內心又一陣反感，不再言語，阿罕也無話。管理員推行李車來了，忙乎一陣，總算統統走了，許麗關上門。這間公寓背街，看不到林愛梅跟阿罕上計程車了。客廳裡兩扇長窗對著後院的天井，雪花細密地下著。天井裡堆幾隻破瓦罐和一袋垃圾，覆蓋滿白雪，雪越下越大了。

到了晚上雪才停，許麗覺得應該出去慶祝一下，這是平生第一次一個人獨擁一間公寓。她打電話給蒙妮卡，立刻招來一夥人，在他們常去的泰國餐館碰面。許麗出現的時候，他們那一桌差不多到齊了。各自點菜，許麗對著餐單猶豫著。一個許麗不認識的白人男子雷蒙，他建議點一桌菜大家合吃。這辦法大家都喜歡。許麗沒有叫酒，雷蒙遞上一杯：「來杯白酒，怎麼樣？」許麗內心一驚地接過，又是白酒開場？她怔怔地跟雷蒙碰杯。大家瞎聊著朋友間的笑話，笑足吃飽。許麗見蒙妮卡跟另外兩個人要離開，許麗也站起來，雷蒙跟出來，說要陪她走一段。這一帶在蘇活邊緣，有點僻靜，有人相陪自然好。雷蒙說他喜歡接近東方女孩，因為他母親是日本人。

「看不出來你有東方血統。」許麗說。雷蒙給她印象不壞，雷蒙說他是搞影劇的，下個星期回洛杉磯。

外面的氣溫很低，據說深夜裡要降到華氏十五度，路邊的雪都結冰了。許麗忽然停住腳在原地跳了兩下：「我的腳趾凍僵了！」

雷蒙擁過她，許麗也感到這樣取個暖不錯。雷蒙說他昨天在路邊見到一隻野貓，坐在地上張著嘴巴凍死了。

「你沒有試試看，救牠一命？」許麗哆嗦地問。

「牠已經死了。」雷蒙說。

許麗沉默下來。兩人相擁著默默走出巷子，來到大街上。「我會記住你，因為你告訴我這個。」

「什麼？凍死的貓嗎？」雷蒙問。

許麗笑笑，順口說：「是白酒啊，取暖什麼的。」她攔下一輛剛好駛近的計程車，「太冷了，上車吧。」

兩人在車上交換手機號碼，許麗先到家，她掏皮包要付車資，雷蒙使勁攔著，許麗還是丟給司機錢才下車。

家裡靜悄悄，也許因為剛從外面進來，也許因為說不出的落寞，許麗感到特別悄靜，好靜！從來沒有過的靜。「唉，總要有一個人面對自己的時候吧？孤獨是必要的。」許麗幽幽地想。

許麗在一個星期後，接到被一家公司錄用的通知，他們接受她所有的要求。她是一個小主管。

哥兒們

他的書桌上除了電腦，更醒目的是，倉子穿橘紅色泳裝的放大照，裝在一個八乘十公分的鏡框裡。照片旁邊附一封信，用不太通順的英文寫著：「親愛的艾倫，這張照片是在尼斯的海灘拍的，就是我們相遇那天——那個下午，直到那個晚上。我永遠不會忘掉那天。那天，我們其實有機會發生性關係。在天黑之後，我們在餐廳喝過酒，你送我回旅館，我以為我們一定會做那件事。知道嗎？我在等待，我也暗示你。可是，你沒有讓那件事發生。我雖然遺憾，卻感到，你因為那般自制和自重，而更像一個男人。愛你的倉子。」

他看過信的第二天，立刻出去買來相框，把照片和信框起來，做為他的獎狀。是他發給他自己的獎狀。想起來真是得意，尤其再看一眼倉子豐滿健美的身材，他的心胸立刻整個被驕傲佔滿了。

那已經是六年前了，他大學一年級那年的暑假，他和幾個哥兒們揹著背包，到歐洲玩了一圈，尼斯是他們的最後一站。在海灘遇見倉子的第二天，他們就回紐約了。倉子跟她一位女伴，在一個星期後才回東京。他們分手的晚上，在海灘，和後來從海灘走到餐館，再從餐館送倉子回旅館的一路上，倉子的身體摩擦著他的身體，那樣火熱滾燙的愛和慾望，交織著多半沒有明天的淒涼，是那麼難捨難分。他不知費了多大的力氣，才能克制自己，把已經酥軟的兩個身體分開。

後來他知道，其他三個哥兒們，跟他們在海灘遇到的荷蘭女孩，各有一夜情，只有他是異數。他心裡難免想到，他那幾個哥兒們跟荷蘭女孩都是白人，他和倉子是亞洲人，這其中是否意味一點什麼？他沒有認真尋找答案，也無法回答哥兒們拋過來的「為什麼？為什麼？」。他不是沒有遺憾，其實，那個深夜，告別倉子之後，一個人又回海灘走了許久，內心之惆悵，使他差點以為，他已經愛上倉子。那時候，他還沒有戀愛過，而且，還是處男，是純潔的，他相信倉子也是。

現在回頭看那件事，看那一天、那一夜，已經毫無意義。他現在是個帶點滄桑的成熟的男人，有過幾段不深的戀情，都是萍水相逢的兩個人，回公寓睡一覺之後，兩不相欠地分手。他剛剛看完一部電影《March of the Penguin》（《企鵝寶貝：南極的旅程》），講企鵝的生態，冰天雪地裡，成群的企鵝，公企鵝和母企鵝結隊成行，在哈氣成冰的氣溫下相互取暖。

企鵝憑直覺選定一個伴侶，交配過的母企鵝下蛋後，因為體內流失太多，受不住冰寒，便拖著虛弱的身體，向北去到暖和的地方覓食，等體力恢復，再帶著食物回去找企鵝寶寶。這已經是兩三個月後，這期間，企鵝爸爸努力張開雙臂，竭盡所能用牠自己的體溫，保護懷中的企鵝寶寶，等企鵝媽媽帶著一點食物回來餵寶寶，才輪到已經幾個月沒有進食、衰弱不堪的企鵝爸爸去北方調養。臨行，分別發出獨特的聲音，各自存入記憶裡，等企鵝爸爸回來時，才能互相憑聲音辨認。一家團聚後，再一起繼續前行。行到半途，企鵝爸爸和企鵝媽媽，還有弱小的企鵝寶寶，三方各自分飛，他們之間的情緣已了，記憶至此被切斷。

第二年再重複相同的作息、相同的歷程，但，是重新組合過的公企鵝和母企鵝。如此，年復一年，每一輪都拚出性命地全力以赴，以完成企鵝的生命。

這個溫馨淒美的紀錄片，觸動了他深心中最柔軟的地方，使他忍不住難過地思索個人的責任、情感選擇。他坐在昏暗的戲院裡，從潮濕的眼中望去，一顆顆人頭，都是成雙成對的男男女女，看起來也就跟那些企鵝一樣，沒有人知道將來命運如何、他們能夠廝守多久。就像那些企鵝，不知道牠們其中的哪一隻會在半路上凍死。也沒有人能夠清楚地解釋，是怎麼選定對方的。多半也像在樹上摘一片葉子——「就是你！就是這一片樹葉！」「就是你這隻企鵝！就是你這一個人啊！」如此這般認定了。

人類的生活固然複雜，很多時候，其實跟動物一樣簡單；也跟動物一樣，在廣大的天地間顯得渺小、孤立無援。這個紀錄片，使他更寬廣地看待生命；也更認識到，很多可能和不可能完成的事，看起來十分巨大，其實在天地間根本微不足道。

他打電話請他父親去看這部電影，他父親漫應著，艾倫著急起來地問：「你帶媽媽去看嘛，你到底去不去？」他父親這才說：「電視裡面已經有看不完的電影，為什麼還要辛苦地趕去電影院裡面看？我沒有時間。」艾倫終於放棄。

畢業三年了，他換了四個工作，換來換去，就在幾家電影公司裡。所謂電影公司，指購買世界各地的影片，再販賣給美國各個電視台，跟他所學的政治學沒有什麼干係。他至今不知道要做什麼才好，他的幾個哥兒們——義大利後裔的傑克，繼承他父親進出口歐洲的食品生意；猶太和荷蘭後裔的艾迪，醫學院畢業後，將來也要進入他父親的牙科診所；西班牙和愛爾蘭後裔的吉比斯，在大旅館裡當經理；族裔複雜的菲利浦，他父親早年亡故，母子二人靠社會救濟金度日，大學四年一直當酒保工讀，貪圖酒保賺錢容易，畢業後繼續做酒保。菲利浦本來就胖，越來越胖；他父母都是大胖子，他母親尤其胖得幾乎無法站立。初二那年，班上最大個子丹尼老是欺負菲利浦，極盡嘲笑之能事，連菲利浦的母親，都被拿來當笑柄：「菲利浦的胖媽喲——牙齒黃得像牛油喲——」

菲利浦漲紅的胖臉上扭曲著，汗涔涔流下。艾倫看得心中不忍，他是班上唯一的中國孩子，個子細長，卻第一個跳出來揪住丹尼的領口。傑克和艾迪見狀也一擁而上，三個人聯手跟丹尼，和陸續加入的丹尼一夥混戰，教室裡被他們打鬧得雞飛狗跳，阿汗就在那時候給他們助陣。紅臉銀髮的訓導長來後，把他們一起痛罵，再罰站一個小時。但，那次之後，他們的五人小組多了阿汗，變成六人。不久前，菲利浦除外的五個人，先湊足五千元，準備給菲利浦去找整形醫師，削除他身上的肥油，卻被菲利浦一口拒絕了。

菲利浦其實因為超級地肥胖，出過一次大笑話。兩年前，他剛找到一份待遇更好的酒保工作，上班第一天，卻因為上廁所的時候，坐垮掉一個馬桶，水瀉滿地，嚇得他一聲也不敢吭，趕緊溜回家打電話辭職了。這件糗事，菲利浦只告訴艾倫一個人，千叮萬囑不許洩漏。艾倫早已笑翻了，實在熬不過，偷偷地告訴傑克，並且叮囑千萬保密。傑克一聽，照樣笑得人仰馬翻，立刻又偷偷地告訴艾迪——如此一路下去，他們一夥人全都偷偷摸摸地知道了。終於有一天拆穿，全體捧腹哄笑成一團。但也因此決定，一定要幫助菲利浦澈底解決肥胖的問題。

那段無憂無慮的日子，是他們生命中的清風明月，儘管距離並不遙遠，然而，過去也就過去，永無回頭之日了。畢業日久，艾倫漸漸感到心事深沉，因為他父親開始提醒他：「你做的到底是什麼工作？你這種工作也需要大學畢業嗎？你知不知道像你現在這種生活態度，就叫沒出息！你現在改過還來得及，再拖兩年你改不過來，那就真正地墮落！將來你的每一天，都要為了付房租，為了餐桌上的食物，需要很辛苦地掙扎。」

「爹，你在說什麼？說我賺不到錢？說我找不到像樣的工作？」他眼裡噴火地瞪視他父親，「你也不過是要我進法學院，將來跟你一樣當律師，沒說錯吧？可是，我再告訴你一次，我不是當律師的料，行吧？」而他父親總是成竹在胸，一到關鍵時刻，立刻身形一矮地好言好語起來：「兒子啊，你最平坦的路，還是趕緊準備進法學院，將來當律師。」

「你不用替我操心，我不需要你幫忙。」艾倫說完轉身走了。這是上次見他父親，一個月前吧。他知道他不是一個好兒子，其實，他連做夢都夢到他自己，喊破喉嚨地喊著，要做一個好兒子。但那不是憑空可以做到的，他即使不能小有成就，至少要理直氣壯地穩定下來，如此，他的父母便無法再苛求什麼。他也可以從自己給自己的壓力中釋放出來。是的，他其實也給自己很多壓力。有一次，面對他母親憂傷的眼睛，他說：「媽，等我知道要做什麼的時候，我同時會做一個比較好的兒子。」

他真不願意想這些事，還好畢業後，他和他的哥兒們總是變著法子，不斷製造歡聚的機會——那多半在酒吧間，一年六個生日，加上各種節慶，再加不時冒出一些女孩子們的邀約，使他們的週末忙碌不堪，麻醉不堪。他們偶爾也像中學時代一樣，回到山林間或海濱，毫無目的地奔跑，或閒躺——那也許是在鱈魚岬，也許在紐約上州深山裡的溪流邊。無論在什麼地方，哪一個角落，他們所談的，無非是泡妞，或者「最好玩的那次……」。

每年的除夕，在時代廣場等大燈球降落，除舊迎新。在等待的四五個鐘頭裡，他們喝足啤酒，把膀胱喝得快爆炸了，廣場裡面水泄不通，根本擠不出去。後來，「是誰想出來的救命點子？……是艾迪嗎？不對，是你！」傑克指向艾倫，「是艾倫想出來的！」他們幾個人面朝外地圍成一圈，圈內站一個人撒尿，一個接一個地輪流——這一招解救了大家的膀胱。頭幾年這樣過除夕夜，使他們興奮不已；進入大學四分五散之後，他們還是趕在一起迎新年，卻轉移到時代廣場的邊緣上，威士忌代替了啤酒，室內的餐館酒吧，也代替了室外擁擠嘈雜的廣場，過年變成一種麻木的儀式，不再歡欣雀躍地等待了。

「對了，好像是二〇〇〇年那年的除夕，在五十街附近的酒吧，菲利浦又坐垮掉一個馬桶，真慘，一群人排隊等著上廁所，他卻把馬桶坐垮了。」吉比斯說，「這是前幾天在電話裡，菲利浦不小心說漏嘴，告訴我的。」

「唉，真的嗎？」艾迪難以置信地問，「所以菲利浦總共坐垮掉兩個馬桶，不光是一個。」

幾個人一起沉默下來，很奇怪，這件笑話不再好笑了。他們已經很久沒有看過菲利浦，他去拉斯維加斯當酒保了。阿汗這時插嘴：「也許明年，我把工作辭掉，我不想在任何機關行號上班了，我想開餐館。到時候要把菲利浦找回來。」

阿汗是一流機械工程師，自幼喪父，他母親一手帶大他和一個姊姊。他母親是水利工程師。阿汗一向勤奮好學，是他們之中程度最好的，但他是埃及人。世貿中心被阿拉伯人炸毀之後，最近常聽他說辭職不幹的話，必定是在辦公室裡感受到壓力。知道沒有前途，他曾提起，經他訓練過的一個工程師，竟搖身變成他的頂頭上司，這使他感到屈辱難耐。他說這些話的口氣雖然很淡，除了性情使然，多少也考慮到傑克、艾迪等人的白人身分，雖然哥兒們之間，從來都拿膚色和族裔，肆無忌憚地開玩笑。

「阿汗，無論你做什麼我都支持，我要做你的合夥人。你們還有誰要參加？」傑克率先表態。

艾迪第一個搖頭：「我沒有錢。」那是可以了解的，他正在他父親的診所工作，他父母早已離婚，又各自嫁娶，他們沒有錢給他。

吉比斯也垂頭喪氣地搖搖頭；他父親是小學教員，母親酗酒，每天都是醉的；他在豪華旅館當經理，並沒有任何積蓄，其實，只造福了幾個哥兒們，每次出門旅遊，吉比斯總能在豪華旅館裡，給他們弄到超便宜的客房。現在只剩下艾倫了，艾倫在他們的注視下，低頭想了一會才開口：「為什麼是餐館？我們沒有一個人懂餐館生意。」

阿汗苦笑：「餐館比較容易做到，我們需要一年的時間準備籌錢，找地點，寫企劃書。」

艾倫不禁羨慕地說：「看阿汗辦事多牢靠！我們這個團體真幸運，有阿汗在裡面。企劃書準備好，我就去找我父親，我相信他會支持我做生意，他不喜歡我現在的工作。」

他們五個人一起擊掌，預祝成功。艾倫很久沒有回家了，他這個週末正好藉此回長島家裡。晚飯桌上，他父親為了歡迎他回家，照例開一瓶紅酒。艾倫等酒過三巡這才開口：「爹，我想開餐館。」

他父親微微一愣，平視著他沒有反應，倒是跟他對面而坐的母親搶先發話：「怎麼想到開餐館？……是酒吧嗎？你們這些年輕人！」說著，一副心知肚明似的笑起來。他不確定他母親為什麼笑，只是禮貌地陪著笑。他父親終於說：「可以呀，開餐館。但是怎麼開呢？廚師在哪裡？」

「菲利浦是酒保，他會帶一個廚師一起過來。」艾倫小心地應對著，「這是阿汗提議的，他不想當工程師了，我也不想上我的班，傑克的父親會給錢投資我們。」

「跟你這幾個朋友合作？嗯，不錯，傑克、阿汗我很喜歡，你的每一個朋友我都喜歡。」他父親轉向他母親說：「艾倫很會交朋友，這很難得，而且他的幾個朋友都很好。」說著，邀艾倫乾杯：「傑克跟阿汗出多少錢你就出多少，如果需要你出更多也可以。」他父親說著，又因為專業而敏感地補上一句：「不過，股份都是均等的，他們不會讓你多出。」

「謝謝，爹。」艾倫大喜過望，起身湊近他母親腮邊，在上面重重地親了一下。

他走出餐廳的時候，忽聽他父親用中文跟他母親說：「一定要給他打打氣！沒辦法，唉，兒子是自己的。他平常有一點高興的樣子都是裝出來的，他在他朋友面前也在裝。我非常受不了看他那個樣子。」

他不由得錯愕，胃裡面忽然一下抽痛，使他差點嘔吐出來。他回他自己房間，推開門，微微一股悶味迎面撲來——至少一個月沒有人進來過了，房間裡收拾得整潔有序。這沒什麼，只須幾分鐘，他就可以把整個房間完全搗亂。他迎面朝天地往床上一躺，心裡面想著，他自己都不清楚他是否快樂，他父親憑什麼知道？他氣極地兩手往床上猛捶，卻一點不著力；於是一躍而起，對牆揮去一拳！一陣巨痛，他齜牙咧嘴地捂住手，還是痛得彎腰，甚至脆弱地哆嗦起來。心頭的怒氣，卻在巨痛裡不知不覺消失。

人真是動物啊，動物最禁不住毒打。他又一次省悟，怪不得自古就有嚴刑拷打的手段。對人最殘酷的還是人，因為人最了解人的動物性——他坐在床沿，不知胡思亂想些什麼，手機這時響起。他望住手機呆了一下，繼續思忖著，還是忘掉他父親那些話吧！忘掉吧！他接過手機。

是傑克打來的電話，問艾倫什麼時候回曼哈頓。接著，傑克迫不及待地問：「你爹怎麼說？」艾倫對著話筒咕噥一句：「搞定了。」傑克說：「我父親也搞定了。」

傑克正在熱戀，最近沒有跟他預約，就見不到面。他跟他女朋友合夥，剛在布魯克林的高級區 Park Slope 一帶，買了間公寓。阿汗卻失戀，不知是他的日本女友家裡反對，或是阿汗的寡母，希望阿汗娶他們自己人，或是單純的兩人個性不合。總之他們拆夥了，是女方提出來的。阿汗今天晚上也回家跟他母親吃晚飯，艾倫已經在電話裡跟他報告，有錢投資餐館的喜訊，並且打電話去拉斯維加斯找菲利浦。菲利浦很喜歡他目前的環境，不過既然哥兒們召喚，他到時候一定回紐約，而且保證帶一個好廚子一起回來。

艾倫放下手機，又倒回床上。這件讓他們一提起來，就興奮莫名的大事，不知怎麼，剩下他孤獨一人的時候，並沒有什麼感覺。莫非還是他父親造成的？或者只是，他現在還手痛得興奮不起來？

他本來要在長島家裡睡一晚，第二天星期日中午才回曼哈頓，但阿汗不久又打電話來說，阿汗的姊姊莉汀，要順路送他們回曼哈頓。他立刻去跟他父母告別，他母親照例囉哩囉嗦地百般挽留：「你要知道，跟你父母親在一起的時間，只會越來越少，不會越來越多，你真的一點也不珍惜？」他知道他母親試圖動之以情，但見他母親說著說著，發現是白說之後，狠狠瞪他一眼，立刻住口。「對不起，媽。」他愧疚地吻別。

車子在長島公路上飛馳，近十月的夜晚，天已經轉涼，路上車子並不多，有幾段路特別暗，從車燈恍惚的照明裡，隱約看到兩邊樹林的影子。他老覺得他逝去的親人，會從黑暗的樹林裡走出來，雖然他們遠在台灣，他對他們也沒有什麼印象。也許因為二十年前，一個更深秋的夜晚，也在兩邊樹影幢幢的公路上，他在車裡聽他父母親談他叔父病逝的噩耗，後來每次在黑夜裡的公路上急駛，那種死亡的荒涼的感覺，就會從心底湧現。

莉汀在方向盤後面，一邊開快車，一邊打聽他們幾個哥兒們的近況：「傑克跟他女朋友合買的公寓，花費多少錢？什麼？六十萬？要這麼多錢？」莉汀只大他們兩歲，從前常常玩在一起，她一直是頂尖的模範生，為人也親切隨和，但她長得不像阿汗——阿汗高大偉岸，十分帥氣；莉汀卻渾身上下，連五官都粗粗壯壯的，而且還胖。有人勸她開刀整形，她卻說，她的體態遺傳自她的母親，這就是她天生的模樣，如果愛她，只能是愛她天生的模樣。莉汀這段話，當時在學校裡廣為流傳，人人欽佩。莉汀現在是內科醫生，艾倫印象中，她總在醫院裡上夜班，難得有空。「艾倫，你好安靜，怎麼一句話也不說？」莉汀從後視鏡裡看一眼後座的艾倫，問道。

「我在聽你們說話。」艾倫微笑。

莉汀又從視鏡裡看他一眼，車裡黑，艾倫只好挺身伏到前座，莉汀於是側轉頭盯他一眼，同時抿嘴一笑。那樣近距離一笑的樣子，使艾倫心中微微一震。他慢慢靠回椅上，阿汗坐在駕駛座旁邊，兩眼直視車燈前面的公路。艾倫在黑暗中鎮定下來，其實，已經是小時候的事，那時候他們幾家都住得很近，常常互相串門子。阿汗一家三口，住在三個小臥室的公寓裡，只有一間浴廁，而且，從客廳的沙發望過去，側對著浴室的門。艾倫原來沒有注意這些，是那天之後——寒假裡的一天，他在阿汗家看電視，阿汗靠窗而坐，艾倫自己坐在長沙發的另一頭；浴室的門忽然張開，莉汀失去重心地身體撲出來，她赤裸裸地一絲不掛，碩大的乳房顫動著，身上所有的肥肉都一起顫動著，她驚慌地一把拉上門；但是那一剎，艾倫看到莉汀跟他四目相對，他內心難受，因為，他知道莉汀一定羞死了。

阿汗一心一意看電視，阿汗的角度只看得到電視，運氣真好。後來莉汀穿好衣服出來，在艾倫身邊坐下，莉汀身上有淡淡的香皂的氣味，扭頭跟艾倫抿嘴一笑，就像剛才那樣。那年，他十二歲，莉汀十四歲。第二年暑假，莉汀回埃及探親，給他帶回來一頂沙漠裡傳統的呢帽，和一隻布縫的駱駝，至今仍擺放在他的臥室裡。這件插曲，艾倫沒有告訴任何人，倒變成他跟莉汀間的私密，好像兩人間有點什麼默契似的；不過這幾年，那種默契已經淡了。

莉汀把他送到公寓大樓門口，阿汗邀他去酒吧待一會。「明天吧，我有點累。」艾倫扶住他紅腫的手背，低聲告別。「艾倫，吻別怎麼樣？我們有三年不見了吧？下次見面，不知道又是什麼時候？」莉汀按下車窗，艾倫略微羞澀地過去吻她，聽到阿汗在旁邊驚訝地問：「你們那麼久沒見面了嗎？」

「是呀，從你們畢業那年到現在。」莉汀喟嘆著說，「時間過得好快。」

「今年除夕，妳不需要值班了吧？」艾倫好心地問。

「當然不需要，我已經是大醫師。」莉汀驕傲地說。

艾倫微笑，順口邀約：「到時妳來參加我們的聚餐。」

「一定。」莉汀爽快地答應。

艾倫在路邊目送他們車子離開，轉身走向公寓大樓。這一帶在蘇活區邊緣，也有好幾家有名的餐館和酒吧，他住的這一棟樓不大，總共七層，每一層四間公寓，前後各兩間，他住在最頂樓靠右的一間。站在大門前望上去，只見每家窗前一座逃生用的防火梯，排列成兩行，垂直而下。兩行當中相隔約六呎吧，他老看不順眼這些防火梯，但這是規定，就像開車，規定要綁安全帶一樣，肯定使開車的瀟灑大大減分。

他開門進入大樓，裡面沒有電梯，他每天出入要上下七層樓，每一次上樓梯都是提一口氣飛奔。他一直以為這樣最省力，但是兩年前，他去泰國旅遊，有一天在山路上遇見一個老和尚，老和尚告訴他，爬山要提一口氣爬三四步，停下忽出一口氣，再爬。這樣慢慢換氣慢慢爬，才能爬得高且持久。兩年來，他就按照這個方式上樓梯，腳步放快的時候，他覺得自己換氣的功夫特別好，慢慢爬的時候，又覺得有禪的境界。爬樓梯因此成為一件美事。

他臉不紅、氣不喘地到七樓，進入公寓，直接到書桌前按了按電腦，一邊退下錶，又從口袋裡掏出沉墜的皮夾，一邊漫不經心地溜一眼倉子的比基尼泳裝照，那上面蓋一層灰，跟屋裡其他物件一樣。他一年打掃兩次，夏天一次，冬天一次。有時候女孩子來他這裡過夜，要順手幫他清掃一下，他一定攔著。他不願意看她們做這些事，那會太像一個家，他沒有想過跟她們任何一個成家。

他還是無法不想到他父親。他最不能苟同他父親的是，他父親還當他是中學生，可以隨時改換跑道，只有他知道自己要改變什麼已經嫌晚了。其實，他既然從來不知道要做什麼，也就沒有什麼好改變的。他去打開電視，又到電腦前回了幾封短訊，再到電視前看球賽。他忽然注意到他這些小動作，顯得既懶散且沒有秩序，然而，都按照他自己的意志，很堅定地在進行。因為這時候，要他做其他任何事，他都是不幹的。下一次，一定要把這種小動作隱含的意義告訴他父親。他兩眼對著電視機，努力地想。

第二天傍晚，艾倫在沙發上看書，正看得昏昏欲睡的時候，吉比斯和阿汗來找他，他套件汗衫，就跟他們一起下樓。吉比斯在樓梯間說，下城一家脫口秀的酒吧，歡迎有表演慾的人上台表演，不需要經驗。「聽說一些脫口秀演員，都從這種酒吧起家。」

「真的不需要經驗？」艾倫興致勃勃地問。

「不需要。」吉比斯說，「我認識一個主持節目的女孩，她好像是韓國人。怎麼樣？我們兩個人上台表演一段吧？」

「好哇，我們準備登台。」艾倫笑起來，「要找一大幫人來捧場。」

「你看，這就是那些酒吧的生意點子，是不是？」阿汗興奮地問。

「哎，對！對！」艾倫跟吉比斯一起叫出來，「原來他們生意是這樣做的。」

他們出了大樓，繼續一會兒餐館一會兒脫口秀地談著，進入一間他們熟悉的酒吧，坐下來之後，又開始拼湊笑話，準備登台用。如此玩得樂不可支，卻忽然發現——「別人用過的笑話不行，一定要自己寫。」艾倫說。

「那就要靠你來寫了，你向來能寫，你可以寫。」阿汗對艾倫說。阿汗這個穆斯林，在酒吧裡也不喝酒的，他只喝軟性飲料，也因此一向是大夥的司機；只是這幾年大家住曼哈頓，沒有開車也就不需要他了。

「嗯，如果能寫點什麼，我的生活會比較有意義。」艾倫努力思索，他感到醉了，除了三大杯啤酒下肚薄有醉意，被阿汗如此賞識，也令他飄飄然。

「艾倫可以寫，艾倫向來可以寫。」吉比斯人聲附和，他看起來也有點醉了，他接著望一下腕錶，「我們出去吹吹風。」

三個人於是出了酒吧，外面已經有點黑，吉比斯和阿汗都穿著長袖襯衫，只有艾倫穿得單薄有些涼。「我回去套件衣服。」他們於是又回到艾倫住的大樓門口。艾倫一摸口袋——「怎麼？我忘記帶鑰匙出來嗎？」艾倫皺緊眉仔細想，阿汗跟吉比斯怔怔地看他，「完了，鑰匙在桌上。」

「管理員沒有你的鑰匙嗎？」吉比斯問。

「我沒給他。」艾倫懊惱地大聲嘆氣。吉比斯從皮夾裡掏出一張信用卡：「用這個試試看，怎麼樣？」

「試試看吧。」

可是，他們連大門都進不去，只好在街邊等著，七點半的禮拜天，一時間竟沒有人進出大樓。艾倫抬頭望住他的兩扇窗，有一扇窗前搭架著防火梯，他指著防火梯說：「我的窗沒有上鎖，從防火梯可以進入屋內。」

阿汗兩眼同樣盯著防火梯，沒有說什麼。那防火梯一路相連下來，離地面不到兩層樓的高度，卻無論如何跳不上去。

「最好的辦法，是從第一層防火梯一層一層爬上去，可是防火梯太高了。」吉比斯咕噥著廢話。

艾倫這時卻興奮起來：「從我隔壁的防火梯可以跳過去，跳到我的防火梯。」他再目測一下兩家防火梯的距離，「你看沒有超過六呎吧？」

「大概六呎多，那非常危險的，如果不小心摔下來，一定粉身碎骨。」阿汗說著，扭頭看住艾倫，「你母親不是有你的鑰匙嗎？我陪你回家拿。」

「那要耗到半夜去了，怎麼行？明天還要上班呢。」艾倫正說著，見有人在大門前停下，「走，有人回來了，我們跟他一起進去。」艾倫快步上前，等在一個正在掏鑰匙的男人後面，進入大樓。哥兒三人一起飛奔上樓，來到七樓門前，艾倫絕望地轉兩下門柄，又用信用卡在門縫裡連試了幾下。「操！不做工。」

阿汗跟吉比斯也連試了幾次，都不做工。艾倫這時卻眼睛一亮，摩拳擦掌地說，「現在看我的。」他興奮得臉紅耳赤，「你聽隔壁有人，總算也有點好運氣。」說著就要去扣門。「等一下，你剛才喝多少啤酒？」阿汗一把攔住他，「是三大杯吧？你行嗎？」

「怎麼不行！」艾倫推開他，在隔壁門上扣了兩下。阿汗正色地接下說：「我沒有喝酒，我替你去。」

「就是因為你沒喝酒，所以不行！」艾倫前進一步，緊貼著門站，「這是我的公寓。」

西語裔男人拉開門，迎面見到艾倫，招呼了一聲。艾倫拉開嗓門說：「我需要借用你的防火梯。」那聲音聽起來醉醺醺、甜膩膩的。阿汗在他身後，這時一陣「蹦！蹦！」亂響地逕自跑下樓梯。

「為什麼要用我的防火梯？」西語裔男人好生奇怪地問。

「我要從你的防火梯到我的防火梯，到了我的防火梯之後，再從我的防火梯進入我的窗戶，最後進入我的屋裡。」艾倫因為帶點醉意，態度特別可人地解釋，「總之，只借用一下你的防火梯，其他統統是我的。」

「進來吧。」西語裔男人做勢請進，多看了一眼艾倫身邊的吉比斯。

「小心。」吉比斯在後面叮嚀。

艾倫跟隨西語裔男人進入裡面的臥室。臥室裡面昏昏的，家具和窗簾都暗沉厚重，整個屋裡瀰漫一股低俗的西語裔的氣息，大概是沒受什麼教育的。艾倫住他隔壁，對他竟如此陌生，心裡暗自慚愧。西語裔男人拉開一扇窗簾：「你開窗，防火梯就在後面。」一面無表情地說完，轉身出臥室。

艾倫開窗，秋風瑟瑟迎面撲來，他一矮身鑽出去，一腳踩在鐵條搭起的鏤空的防火梯上；兩腳站穩後，往下一看，發現整個人好像在七樓的高空間虛懸著，不由得心驚肉跳。又一陣風浩浩蕩蕩吹過，他看到阿汗站在街心喊他。「艾倫，不要動，警察馬上來了！」

「沒膽！」艾倫一咬牙一鼓作氣趁著風勢，兩腳懸空地飛躍過那六呎多寬的距離，竟像在地上跨過一個不起眼的下水溝一樣輕易。

防火梯卻好像難以承受急遽間壓下的重量，顫動起來。然而這一跨過，「Yeah!」

艾倫興奮得握緊拳頭喊了一聲，「Yeah!」再喊一聲。

「好樣的！艾倫，好樣的！」阿汗站在街心人喊起來。旁邊兩個警察從警車下來，抬頭大聲問艾倫：「嗨！上面那個！你在做什麼？」

「我可以進屋裡了！」艾倫朝他們喊。接著彎腰開窗進入屋內，大步到客廳拉開門，漂亮地微鞠躬，大大地畫出一個「請」的姿勢，張大笑臉迎進吉比斯。

艾倫雖然還是心跳不止，卻沉住氣地默默穿上衣服——是一件防風的紅夾克，他平時很少穿，因為不喜歡他母親挑的顏色，這時卻感到恰恰好。

他們哥兒三人走在街上，商量著轉往一家帶電視、可以看足球賽的酒吧。酒吧在地下室，他們三個人一前一後下梯階，在桌前坐下，各點一客培根起斯漢堡。球賽已經開始好一會了，酒吧裡安安靜靜的，卻不時地會猛然響起一片暴喝——那是球迷在為他們的球隊喝采，也許是扼腕，總之氣氛好極。跟一個人在自家看電視，味道完全不同。艾倫邀阿汗跟吉比斯碰杯，他啜一口威士忌，眼裡跟唇角閃爍的笑意，直蹦出來，蹦出許多星光，罩住他。

「嗨！」一個長髮的東方女孩，不知道什麼時候出現在艾倫旁邊，這時舉起她手裡的酒杯邀飲，她小啜一口後說，「我剛才坐在梯階旁邊的位置，你們一走進來，我就看見了。我看見你臉上，有一種很奇異的神采，一般人都沒有。」她說著，朝吉比斯和後面一群眾人努一下嘴，又回到艾倫臉上，「後來我就一直在注意你。你天生一種神采飛揚的氣燄，恰恰是我很多年來，一直在亞洲男生的身上找尋，可是一直找不到的。」

「什麼？」艾倫失笑，轉臉問向兩個哥兒們，「你們聽見她在說什麼沒有？她那是在說我嗎？」

女孩也跟著笑起來，自我介紹：「我叫妮娜，從芝加哥來，明天回去。」

「嗨，妮娜。」三個人跟妮娜一起碰杯。「妳來紐約多久了？來觀光嗎？」艾倫問。

妮娜又微微一笑。艾倫注意到她笑起來，兩邊唇角往上彎的樣子，十分甜美，眼光不由得就停留在那裡。聽她應道：「是出公差，我做室內設計。」

「室內設計？」艾倫略想了一下說，「參觀過大都會博物館了嗎？」

「昨天去過了，你看這個。」妮娜說著，拉開地上一個背包，抽出一本精裝的《故宮珍藏之明清精選圖》，「我已經讀了三章。」

艾倫略翻了幾頁，閒閒地問：「這跟室內設計有關係嗎？」

「一點東方元素。」妮娜也淡應。

酒吧裡忽然又爆出一陣歡呼，紐約隊又贏了，吉比斯跟阿汗也在旁邊呼喊。艾倫瞄一眼螢幕，跟著喊起來；半晌，又回到妮娜身上──「妳也是紐約隊的吧？」

「一向都是。」妮娜半真半假地說。

他們才看了半場球賽，妮娜站起來要離開。「我明天清早五點，要去機場。」她說。

艾倫跟著站起來：「我也該回去了。」

「一起走吧。」阿汗跟吉比斯也站起來，他們一起出了酒吧。妮娜在路邊掏出一張名片給艾倫：「我會等你的伊眉兒。」

他們送妮娜上計程車，臨上車，妮娜扭頭，兩眼盯住艾倫，依依不捨地問：「真的沒有人告訴過你，說你有一種非凡的神采嗎？」

艾倫聽得又是一愣，妮娜不屈不撓再拋下一句：「我很喜歡那樣的神采。」

「可那不是我呀。」艾倫終於說，「我剛才，就在妳看到我進入酒吧之前，成功地做了一個高難度的動作，從七樓高的一個防火梯，跳到另外一個防火梯，這不容易吧？妳說的神采，就是指這個吧？」艾倫說著笑起來，妮娜若有所悟地側頭想著。艾倫接下說：「妳知道，沒有妳所說的什麼——氣燄、神采，那才是我的本色！」艾倫說完，把妮娜輕推入車裡，計程車立刻揚長而去。

送走妮娜，艾倫陪阿汗跟吉比斯走向地下車站，吉比斯說：「我看你到現在還很high!」

艾倫搖頭：「已經過去了。不過，下次要經由你們的口，把這件事告訴我父親，尤其妮娜剛才那一段話。」

三個人一起在燈影下放懷大笑出來，笑聲在濛濛的光暈裡迴轉，向上迴轉，直衝上暗色的雲霄，停留在那裡，笑聲，迴轉。

羅剛殺人

沒有想到這條巷子入夜之後竟這樣黑，大概因為對面那棟佔據大半條巷子的公寓大樓正在翻修，搭蓋著木條，和大片大片黑色的塑料。羅剛走到巷底的交岔路口，在一棟大樓前對了一下號碼，沒錯，就是這一棟！他進去按鈴後，再進一道門往裡走，發現這棟舊樓裡沒有電梯，樓梯在走廊的盡頭。還好，辛西亞的公寓在三樓，爬上去應當不吃力。可是走近後才看到這種老式樓梯既高且長，燈昏昏地照在花石板的梯階上。羅剛一邊爬，一邊奇怪自己怎麼有心思出來找樂子！畢業後，整整在學校裡工作兩個月了，至今一個錢沒有拿到，他有點懷疑葛爾茲教授當時隨口叫他留校任用，根本只是幌子，他其實被耍了，葛爾茲哪裡會幫他什麼忙？連他正在申請的物理學論文榮譽獎，都可能遭葛爾茲破壞！葛爾茲要的是乖乖聽話的好學生，而他不是。不聽話的代價很大，是他始料所不及；然而，已經無法彌補了，只好走著瞧，至少，等過了今晚再說。辛西亞給他開的門，卻只拉開一條縫，鎖鏈還上著，人就站在門縫裡，歪頭對他笑。羅剛見她穿一件男人汗衫，裡面沒有穿胸罩，雙乳隱隱浮現。「辛西亞！」他低聲叫她，「快開門。」「你遲到半個鐘頭，該罰。」她竟不開門，兩手當胸一抱，準備僵持下去的姿態。羅剛急了，卻好聲好氣地說：「妳看看這是什麼？我趕著打好字才送過來的。」

辛西亞從門縫裡接過羅剛手裡的報告，驗看了一下，終於心軟地拉開鎖鏈放他進來，一邊問他：「這份報告夠資格拿A嗎？」

「沒有問題。」羅剛含糊地應，拉過她吻一回，手在她胸前試探地撫弄著，「妳很性感。」他在她耳邊吹著熱氣，手趁勢探進她的汗衫裡。她忽然推開他：「我沒有答應過有這樣的交換。」說著逕自往裡面走去。羅剛跟在後面，伸手到嘴上抹了一下。辛西亞在汗衫下面，穿一條很短的牛仔短褲，並不比內褲長，褲腳管垂著絞過的短鬚鬚，把滾圓的臀部繃得很緊，要爆裂開似的。辛西亞看起來七成像白人，據她自己說，她的血統很複雜，祖宗八代裡，除了白人以外，有黑人、紅人，連中國人都有。她是大學部化學系三年級的學生，家在外州，自己一個人在紐約半工半讀，她說實在騰不出時間寫報告。這是羅剛替她寫的第二份報告，上學期的一篇是「氣象學」裡關於海水污染；那份報告羅剛替她爭取到一個B，但是被辛西亞筆試成績C拉下來，平均還是C，辛西亞有點難過。如果平均可以拿B，她的助學金就有希望了。

他們穿過客廳，客廳裡沒有開燈，黑影裡有一張沙發床，上面被褥凌亂，書報堆得滿地。辛西亞有三個室友，屋裡這時候卻靜悄悄的。「都出去了嗎？」羅剛問。辛西亞「噓」他一聲，指了指靠左的房間，做勢睡覺。辛西亞的房間在前面，迎面就是一扇大窗。羅剛過去朝下面暗沉沉的巷子望一眼，「唰！」一聲，猛地拉上窗簾。辛西亞忽然在旁邊笑起來，說：「我每個月少分攤十元，就因為有這面大窗對著巷子。這一帶老是有黑幫打架，幾次有人在巷子裡放冷槍，要是子彈飛上來，誰在窗口誰倒楣——」羅剛近前吻斷她的話，把她緊抱在懷裡，吻得全身酥軟了，兩個人一起跌向床上。羅剛翻身起來解開褲子，辛西亞被撩得探頭下去親吻他。羅剛受刺激地扯下她的衣服，把她用力按向自己，肢體緊緊交纏，緊緊地陷入她的肉裡，這一刻恨不能在一起燒成灰，化為餘燼。「從來沒有這樣好過。」羅剛大汗淋漓地倒向枕上。辛西亞湊到他胸上啄了一下，臉頰在上面摩擦著。羅剛那句話，她一點沒有存疑。

辛西亞不知道在床罩裡面灑了什麼香水，一直薰得他鼻裡頭癢癢的，忍不住打了一個噴嚏。羅剛起來，拉起一角床單替辛西亞蓋上，自己站在床前穿衣服。

「我們出去吃飯，我有點餓了。」辛西亞換一個姿勢，在床上躺著。

「妳做愛從來不關燈嗎？」羅剛逕自問。辛西亞站起來，手繞住他的頸子，從後面抱住他，說：「我大概愛上你了。」

「不要愛上我，如果愛上我，我馬上把妳甩掉。」羅剛毫不留情。

「啊，我真的愛上你了。」辛西亞撮起唇，像鳥兒樣在他後頸一上一下啄著。

「為什麼愛上我？」羅剛輕輕推開她，嘴裡咕落著，「因為做愛很過癮就愛上我嗎？做愛並不是全部。」

辛西亞轉身一件件穿衣服，一邊唸叨：「為什麼愛上你？我當然不能說，因為你聰明會有好前途；事實上我比你更聰明，一定比你更有前途；我也不能說因為你性感，事實上我比你更性感。好啦，我忽然想通為什麼愛上你了，因為你是個處處不如我的小可憐。我剛才還不知道為什麼呢。」辛西亞怒瞪他一眼。羅剛淡淡地說：「妳只要不愛我就對了。」等她穿好衣服，兩人一起下樓。

辛西亞說，順百老匯大道往下走三條街，有一家南美餐館還不錯，羅剛沒有意見。辛西亞說的餐館小得可笑，大概只有十張不到的桌子，雖然九點了，已經過了晚飯時間，還是滿座。侍者像變魔術似的，給他們另外拼出一張小桌子。辛西亞很得意地看羅剛一眼，大概這就是她喜歡這裡的原因。這家餐館氣氛的確不錯，一屋子西班牙語系的人，看他們兩個外人的眼光十分友善。羅剛很欣賞拉丁民族的胸無城府，但是，他們的沒有責任，他在學校裡也領教過不止一次。辛西亞點了一客牛排，羅剛只叫一杯咖啡陪她。又濃又黑的咖啡盛在一隻好小的小杯子裡，上面灑一點肉桂粉。羅剛小口喝著，一邊告訴辛西亞，他最近在一本書上讀到十五世紀西班牙海運最盛時，到各地淘金的故事：那些西班牙人總是搶了金子就跑，搶不到金子的時候，一定把所有擋財路的人統統殺掉，從來沒有留下來做一點有建設性的工作，遠比不上英國人之對美洲。但是，英國人之對美洲，也不過對白人有好處而已，他們手執聖旗宣稱，上帝要我來如何如何，來拯救你們的靈魂之類的，不服者死。換句話說，就是上帝要我來把一切阻礙趕盡殺絕。因此，上帝的名就這樣被隨便借用。「真真假假，反正很難判斷，所以，只要不信上帝就對了。」羅剛說著，自己覺得非常好笑地笑起來。

「我是虔誠的基督徒，很不愛聽這種話，我們談點別的吧。」辛西亞改口問：「你喜歡學校裡的工作嗎？」

「我最不愛聽關於學校裡的工作。」羅剛一句話擋過去，「不要改變話題，告訴我為什麼妳是虔誠的基督徒？基督怎麼不幫妳寫報告呢？」

辛西亞忽然吃不下去了：「你怎麼知道基督不是借你的手在幫我寫報告？我們一定要這樣交談嗎？好沒趣！」

「好吧，妳要改變話題就改變話題，」羅剛皮賴地說，「我們剛才在談歷史，歷史都是充滿血腥的，因為暴力是你要獲得什麼的捷徑，是你要糾正什麼的手段。」

「羅，你在我這裡吻一個，」辛西亞把手伸到他眼前，打斷他，「傻瓜，快吻一個做紀念，今天是我們最後一次在一起。」

羅剛低頭在辛西亞手背上印下一個吻，有點驚訝地看辛西亞當真笑咪咪地站起來，離開餐館。這就走了嗎？這麼快就散了嗎？好吧，舊的不去，新的不來！羅剛在心裡恨恨地想。出了餐館，他忽然不知道要去哪裡，因為不想回家，回家沒有意思。他在大街上漫無目的地走著，腳上踢到一隻空的汽水罐子——啊，如果葛爾茲教授就是這隻空罐子多好！他一路「哐啷哐啷」踢過去，直踢到空罐子被他一腳踢滾到老遠的路邊為止。經過一家他常去的酒吧，自然彎進去，進去以後，心才稍微定下來；把昏黑的酒吧掃一眼，叫了酒坐到最黑的一個小角落裡喝。羅剛垂頭端著酒杯，雙眼緊閉，心裡忽然想到一個信佛的朋友教他怎麼打坐：首先要集中心力在一點上，其實也就是他從前試過的催眠的方法，當然還要屏除雜念——這點最困難，他屢試不成，偶爾有一兩秒鐘成功了，他總覺得頭暈想嘔吐。他把這個反應告訴朋友，朋友不能懂，但鼓勵他多試幾次。朋友說他初學打坐的時候也非常困難，連平日裡盡量在壓制的性慾，一知道他在打坐了，也會惡意地淨往小腹裡鑽；但是，他現在每天打坐半個鐘頭已成習慣，自己覺得神清氣爽。羅剛微睜開眼睛，感覺到前面坐著一個人，他整個清醒過來了。「盧薇絲！這麼晚了怎麼一個人出來？格倫又欺負妳了嗎？」

「我才打過電話給你，你的室友說你出去了，我就猜到你在這裡，而且，我自己也想出來走走。」盧薇絲說。羅剛趨前在她腮上吻了一下：「這時候看到妳，真好。」他一向喜歡盧薇絲，從見她第一眼起就喜歡她。盧薇絲的同居男友格倫，也是羅剛的好友。羅剛在酒吧裡先認識格倫，過兩天格倫就帶盧薇絲來介紹他們認識。盧薇絲的外祖父從前是中國駐在歐洲一個小國家的外交官，娶了當地女孩後，從此沒有再回中國。又是一個有中國血統的白人，盧薇絲除了一頭又黑又直的長髮外，沒有一點像中國人。羅剛想不到中國祖先這麼厲害，竟在世界各地都留有後代。也說不定只因為他是中國人，所有跟中國有關的一切，就自然尋過來了。盧薇絲是時裝設計師，格倫則在一家冷氣機公司當技工，得老闆賞識，給他一個乾股。原以為格倫因此會向盧薇絲求婚，沒有想到他口袋裡有了幾個錢以後，竟開始吸毒，常常一連幾天不回家。格倫長得十分瀟灑，為人也厚道，卻這樣沒有出息！他和盧薇絲高中一畢業就同居了，現在看來結局並不好。羅剛為盧薇絲買了一杯酒，盧薇絲端起酒，說：「恭喜你畢業了，羅剛博士。」

羅剛喝下一口酒，低聲稱謝。「晚了半年畢業，感覺完全不一樣。我應當很高興，如果早半年畢業的話。」說到這裡，他坐直身子，很認真地唸：「羅剛博士，羅剛博士。」

盧薇絲笑起來：「怎麼樣？感覺還是不壞呀。」

「不行！」羅剛猛然搖頭，握住酒杯的手微微發抖。「我的問題還沒有完呢，實在嚥不下這口氣。」如果上學期他的指導教授葛爾茲，能夠按照規定，至少在博士論文口試前十五分鐘，讓他知道可以使用幻燈，他就不至於在陳述論文時，連一張幻燈片的補助說明都沒有，讓口試委員會認定他在這樣重大的事情上準備不周，而決定他的口試不能通過。使他當眾蒙羞不說，還錯失一個工作機會。葛爾茲是在臨口試前一分鐘才通知他的。葛爾茲為什麼要把他逼進那樣的死角裡？事後還反過來罵他論文不能通過，應當自己負責。葛爾茲難道一點責任也不用負嗎？而天底下也就有這樣讓人百口莫辯的事！分明是他被扼殺了，卻所有的道理都去了葛爾茲那邊——葛爾茲是正確的，葛爾茲是權威！只有會拍他馬屁的學生才能出頭，楊華就是一個例子。楊華分明錯過申請畢業的手續截止日期，居然也可以在他自己的指導教授，和葛爾茲教授的包庇下，提早畢業。這個被無恥的學術政客把持的學府，半年來，一想到這群敗類的嘴臉，他就禁不住全身血脈賁張、心上抽痛著，每一根神經要爆裂似的顫抖起來。啊，葛爾茲那批人是一堵一堵的牆，他赤手空拳，就算在他們腳跟前粉身碎骨也無濟於事啊。羅剛斷續說著，額上青筋暴露，滿頭冒汗。

「那些已經過去了，看看你現在多好，有幾個人及得上你呀？將來還不知要有多好，有什麼好氣的呢？」盧薇絲手搭在他肩上揉著，「羅，太晚了，回去休息吧。」

「那妳呢？」羅剛強自鎮定下來，望著盧薇絲說，「妳還沒有告訴我，為什麼這麼晚了出來找我？格倫呢？」

「他已經一個星期沒有回家了，我以為，說不定你知道他去了哪裡。」盧薇茲抽回手，哀怨地垂下眼皮。羅剛忽然脫口說：「告訴妳實話，格倫配不上妳。」他把盧薇絲的手拉回來，在上面親了一下，站起來，「我送妳回去。」他已經決定好要怎麼愛盧薇絲了。從前，他只看到三個人的關係，但，那對他和盧薇絲是很不公平的。他和盧薇絲難道不是一個男人對一個女人？還有什麼比一個男人愛一個女人更天經地義的事？羅剛拉著盧薇絲來到街上，這裡距校園只有一條街遠，雖然夜深，還是有三三兩兩的學生在街上閒蕩。羅剛走在前面，兩眼在燈火熒熒的大街上搜尋著。他要攔一部計程車，卻一部也沒有碰上。他緊緊握住盧薇絲的手，越走越急，幾乎跑起來了，盧薇絲踉蹌地跟在後面。「盧薇絲，我要跟妳做愛，我要跟妳做愛。」羅剛對著黯淡的街的盡頭，瘖啞地，卻像用盡平生力氣地說。

羅剛一大早就到物理系主任辦公室，等到十點多，系主任才到，裡頭另外有兩個等著求教的學生。羅剛覺得系主任一踏進辦公室就看見他了，雖然他們互相並沒有招呼。果然，一進入裡面的辦公室，立刻傳出來系主任的聲音：「他來這裡什麼事？他不是畢業了嗎？」那個年紀最大的女祕書回答：「葛爾茲教授讓他留在系裡面工作，已經兩個月了，薪水還沒有拿到。」

「他應該找葛爾茲教授。」系主任說。

「他說葛爾茲教授要他來找你。」女祕書笑。

羅剛氣得把手中一本科學雜誌，硬生生地摺成一個小方塊。女祕書過來叫他進去。羅剛進去的時候，系主任彎腰站在辦公桌前面，正在抽屜裡找東西，頭沒有抬請他坐。羅剛坐下，等系主任也落座，關緊抽屜說：「關於薪水的問題，你應該找葛爾茲教授，我不懂他為什麼要你找我。」

「葛爾茲教授說，只要系主任批示下去，我就能領到薪水。」

系主任兩手在桌上交握，托著下頷想了一會說：「這樣吧，你去找史密斯教授，不過，你還是需要葛爾茲教授給他一封信。」

史密斯教授就是楊華的指導教授，自己的指導教授推三阻四，別人的指導教授怎麼肯幫忙？明明拿他當皮球踢來踢去。

「你知道史密斯教授的辦公室在哪裡吧？」系主任在催他走路了。羅剛不得不立刻把握機會地說：「上學期葛爾茲教授和史密斯教授聯合起來貶斥我的論文——」羅剛說到這裡，系主任打斷他：「你不是已經畢業了？」

「我現在談的是，關於我最近申請的論文榮譽獎。他們對我的論文已經有偏見在先，榮譽獎的評審結果，一定會對我不利。」

「榮譽獎有審核小組，你有沒有找過尼克森教授？既然你認為葛爾茲教授和史密斯教授都對你有偏見，你也許願意找尼克森教授談談？」

「尼克森教授是不是主審？」羅剛問。

「沒有誰是主審！」系主任有點光火地說，「每個教授的意見平均起來，就是你的論文成績。因為你告訴我，兩個教授都對你的論文有偏見，所以我叫你另外找尼克森教授談。」

「聽說榮譽獎是內定的，系裡早就決定好了要發給誰。」羅剛乾脆一不做二不休地打開天窗說亮話，他心裡認定了，只要一揭穿，那件正在進行的醜陋的事，就沒法繼續下去。

「聽誰說？」系主任嚴厲地看他，「我不知道外面有什麼謠言，但是，得獎的論文將來要公開發表，能夠不公平嗎？」

羅剛忽然看出來，這樣談下去，不會有什麼結果，於是謝一聲，退出來。回到他自己的辦公室，四個他帶領做實驗的學生正在等他。學期馬上結束了，辦公室裡一團糟似的亂哄哄；好不容易解決了學生的問題，立刻轉身去找史密斯教授，無論如何，總要試試看。史密斯正在開會。「會議什麼時候結束？」羅剛問。「大概要一兩個鐘頭。」祕書要他留下電話。

過兩個鐘頭就是午飯時間，羅剛心裡略一盤算，轉身進電梯，下一層樓去找尼克森教授。這一年來，為了準備畢業，被教授老爺們踢來踢去，他早應該習以為常，做小人物就是這樣！所以說一定要出人頭地，一定要做那個發號施令的人。從小，他不斷告誡自己，一定要力爭上游，將來才不必仰人鼻息——人家告訴你要這麼做，你就這麼做；要那麼做，你就那麼做。就像他的父母親一樣，唯唯諾諾地做一輩子機器人。如果也要他那樣過一輩子，他寧可不要活。但是，出頭的機會在哪裡？上面有大群人做勢把持，難道一定要像楊華一樣，練就一套吹拍的能事？一定要有下三濫、下九流的小人行徑，才能平步青雲嗎？不對，在某一個地方，一定有某一種方法，可以把這個虛偽的社會，糾正得更適合善良人居住——

尼克森教授有一張白白淡淡的長方臉，淡無表情地聽完羅剛的自我介紹，從抽屜裡拿出一本資料，翻看一會，說：「唔，你是葛爾茲教授的學生，好，我會跟葛爾茲教授談。」

「但是，我來找你的目的，是希望你直接認識我，不必透過葛爾茲教授。」羅剛努力地解釋，如何因為他的論文結論跟葛爾茲教授所期望的不同，而受到一再刁難，譬如不讓它在科學期刊上發表、阻礙他上學期及時畢業等等。辦公室裡雖然有很足夠的冷氣，羅剛還是說得一頭汗水，說完怔忡地等待回答。尼克森教授靜靜地聽完，臉上微變色地說：「榮譽獎還在接受申請的階段，這幾天不斷有學生的論文送進來，我只能告訴你，每個學生的機會是一樣的。」

「如果審核小組裡的成員，都經過葛爾茲教授的介紹來評審我的論文，你們會一來就對我存有偏見，那樣對我很不公平。」

「你憂慮得太多了。」尼克森教授闔上資料本站起來，「如果你不信任這個科學獎的評審工作，那麼，不論你得獎或不得獎，都沒有意義。」說完，逕自走出辦公室。羅剛心上一愣，也跟著出去，到了走廊上，看到尼克森教授正好進入電梯。羅剛從另一個電梯下樓，穿過校園裡的小路，爬上石階進入餐廳，他忽然覺得非常飢餓，想要大吃一頓。

羅剛在餐廳裡走一圈，端著滿滿一盤食物去付帳，排在他後面一個學生，忽然在他肩上拍一下——「嗨，羅剛，恭喜你畢業了。」他們一起找餐桌坐下。那個學生繼續說：「你運氣不錯，這時候畢業一定有工作，尼克森教授才批准一個大學部建築系的學生，到物理實驗室當工讀生，連本科都不是。」

「是嗎？」羅剛瞪大眼睛，簡直沒法相信他聽到的話，「沒有任何人告訴我，工作的問題應該找尼克森。我才從他那裡來，也才見過系主任談我的工作問題，沒有任何人告訴我——」

「他們要你找誰？」

「學校裡一批官僚！指導教授叫我找系主任，系主任叫我找指導教授。」

羅剛匆匆吃完，回科學大樓，辦公室裡只剩下一個女祕書在吃三明治。羅剛打電話到實驗室找葛爾茲教授，接線的人回說不在；又撥一通電話探探史密斯教授是不是開完會，祕書回說開完會離開了。「他媽的。」羅剛忍不住粗話脫口。女祕書在他背後說：「你找葛爾茲教授嗎？他今天很忙，連著兩堂期末考，你可能找不到他。」

「我忘了他今天有期末考。」羅剛兩手支頭，面對桌子發呆。剛才尼克森教授說，如果不信任評審，得獎或不得獎都沒有意義。話裡的意思當然是，如果不信任評審，不要參選就是。多麼尖酸刻薄，虧他說得出口！奔來奔去了一個早上，得到的不過是教授們的白眼，和譏誚和更深的隔閡。想想真是不寒而慄。

科學榮譽獎，只有兩千五百元的獎金，錢的誘惑並不大，雖然，有比沒有好；主要還是榮譽。但，真正要緊的是，他的論文如果得獎，就可以說明上學期他論文沒有通過而不能畢業，完全是冤枉的，是葛爾茲濫權的結果。什麼冤屈都可以忍受，但是，否定他的論文，等於否定他的血汗，也就否定了他生存的意義。他的論文有沒有得獎，實在關係有沒有平反的機會。他才二十八歲，怎麼可以這樣含冤莫白地過一輩子？

然而，到了傍晚，羅剛還是一無所獲地回家。

他的室友迪克坐在一張矮桌前擦槍，羅剛推門進去看到了，有點好笑地問：「迪克，你擦槍擦了一整天啊？」早上出門上班的時候，就見迪克衣衫不整地坐在那裡擦槍，現在還是蓬頭坐在那裡，只不過下面多了一條長褲。迪克是美國人，他的房間裡，長槍、短槍掛了好幾把。他是長島一個射擊協會的會員，羅剛跟他去過幾次靶場，對於射擊，竟也十分著迷。他從前幾任同樣來自國內的室友，不是被他氣跑，就是悶一肚子氣，悄悄搬走了；到了外面，一致公認羅剛是個極難相處的人。只有金髮碧眼的迪克，可以跟他在一個屋簷下相安無事，看來是拜同為愛槍人之賜。迪克移過槍口，對準羅剛，臉上綻開笑容，嘴裡重複唸他們之間那句老話：「只有一種情況，可以使小人物把劣勢扳回來：只有槍可以使平日只見得到他鼻孔的人，忽然向你跪地求饒。」羅剛樂開了，奪下他手裡的槍，瞄準牆上一點，空射了一槍。迪克站起來，扳他的腰和手臂，糾正他的姿勢。羅剛對牆上再次扣動扳機，然後把持槍的手，莊重地收回來。心裡面一點膜拜之情，這時像解閘的河堤，整個氾濫開來了。「槍使人人平等。」他過分平靜地對迪克說。又把槍在手裡仔細撫摸著，指尖在冰冷的槍膛上滑過。他知道，只要裝上小小一顆子彈，槍就會有它自己的生命，力大無窮地躍動，灼燙起來。它會像一個判官，給生靈在最後做最公正的審判。他忽然覺得他和槍之間，有某種命定的、密不可分的關係，他的滿腔不平、憤恨、種種無從投訴的冤屈，所有這一切沒有出路、沒有退路的感情，都在一剎那間有了依歸。

羅剛坐在床上看一封家書，他姊姊在信裡告訴他，希望他繼續留在美國，雖然，一個洋博士回到國內，多得是機會，但是，既然大家搶著往外跑，可見得國外還是比較好。看完信，羅剛心裡一陣淒涼。他真正的悲哀，是他家裡總沒有辦法在任何時候幫助他——錢上頭，不用說了，永遠是他自己千方百計的在設法，將來又只有無盡的義務。其他上頭，他的父母親只是工人階級，根本沒能夠在學業上指點他。如果像有些人，父母親是上等知識份子，可以告訴他讀什麼書、選讀什麼實用科系、前途在哪裡，更或者還有錢資助他出洋留學，那麼，他會被造就成一個什麼樣的完人？到底會怎麼個如虎添翼法？實在難以想像。

他已經離開北京五年了，他的家在腦海裡漸漸縮小到，只剩下小時候他老家門口的巷路，路口的棗樹，棗樹下一口古井。秋天，陪他母親和姊姊們去井邊打水，他姊姊總會冷不防丟兩顆熟黃的棗子給他。有時候只摘得到青澀的棗子，他會惡意地把棗子咬開後，吐口水進井裡。他姊姊止他不住，揚手要打他，一定被他母親攔開。他是家裡的寶，誰也休想動他分毫。他父母親一定盼他回去，他自己也幻想那一天，就像現在這樣的金榜題名時。他母親曾說過，他很小的時候，有一位懂相術的長輩替他看相，說他將來要遠走高飛，出國成博士。當時認為是無稽之談，現在卻一件一件應驗了。仔細想來，竟有種可怖的成分在內。不知道那個相士還看出了什麼沒有告訴他父母親的？他現在正在計畫的遠程，距他父母親的期望相去甚遠，但是，他們結果一定會了解他。他最近在一篇小傳裡，開頭這樣寫著：「我這一生意外地充滿了政治插曲。我念幼稚園時，因為蘇聯共黨之父列寧被我稱為『禿驢』而遭到保母的處罰。在我初三的時候，曾奉令去瞻仰毛澤東紀念堂，但當時我因正要期末考，而向班導師表示有點不想去，結果我的副班長、英文科及物理科學習委員職務全被取消。而我也被迫在全班同學前自我批判，同學因怕遭到政治迫害而遠離我。我恨政治，但是，如果政治是我防護自己唯一的方式，我肯定會運用它。」仔細想來，他遭遇過的所有挫折，都因為他天生那點反叛性所造成，如果當初寫論文的時候，肯按照葛爾茲教授的指示下結論，他就是葛爾茲的愛徒，葛爾茲不提拔他要提拔誰？那麼，今天就不是這種局面。然而，做為一個誠實的科學研究者，如何能夠違背自己的研究結論？可是——如果當初可以預先看到，他這一生的關鍵人竟是葛爾茲，為了防護他自己，他肯不肯去奉承葛爾茲？常常理論是一回事，實際行動起來又是一回事。也許每個人的一生，因為受個性支配，都在重複同樣的錯誤。他並沒有從早期的經驗裡學到什麼，雖然是刻骨銘心的經驗。

公寓裡只有羅剛一個人，週末，迪克向來不在。還好迪克不在，他這時不想跟任何人說話。可是，屋裡實在空得讓人發慌，那樣寂靜的空虛，以致窗下傳上來的汽車喇叭聲之令人震動、之痛，簡直像在對他做精神上的凌遲。他默默地穿上鞋襪，信步下樓朝街上走去。經過校門口，見兩個中國同學走在前面，一個剛好是楊華，另一個姓周的忽然回頭，一見羅剛立刻過來招呼說：「論文獎落選的事不必難過，你絕對是物理系最優秀的學生。」

「算了，不要拿這種話來刺激人了。」羅剛一句話頂過去。楊華落在後面，臉上尷尬地笑著，那神情，羅剛看在眼裡又不由得有氣。「不要得意得太早！」他丟下話，掉頭走了。星期天的中午，近校園的大街上比平日冷清，天氣很暖和，雖然十月就快過完了，中午的太陽還是很曬。已經整整五個月了，他在學校裡工作了五個月沒有拿到薪水。至於論文榮譽獎，三個月來，憑學校各方官員對他一再申訴的冷漠態度，落選早在意料中；但，真的被判定落選了，也還是一個打擊。其實，外州有兩所大學最近都來信邀請他去任教，只可惜他們的好意來得晚了一點，他跟他自己這個學校算是拚上了，無論如何嚥不下這口氣。他走到一個十字交岔口，旁邊有一家人站在那裡等紅綠燈，男人肩上騎著一個三四歲的男孩子，胖嘟嘟的小手，從好短好小的淺藍色牛仔夾克裡伸出來，放心地抱住他父親的頭，笑眯著兩眼看住街心；女人推著好大一個籃車，籃車裡坐著一對雙胞胎。羅剛看他們並不像經濟多麼寬裕的樣子，竟生了三個小孩！那男人差不多就是他的年紀，一直微仰起臉在對他頭頂上的兒子說著話，女人轉臉含笑看羅剛一眼，臉上一副肯定天底下的人都在羨慕她的神情。真是頭腦簡單！也許這個世界上需要的就是像這樣簡單的人，過一種簡單的生活。於是，世界大同，沒有戰爭，沒有污染，沒有物理學——這個世界上實在不需要這些東西。

羅剛進入地下車站，他忽然想去看看那個信佛的朋友。信佛的朋友在博物館裡做古畫修補和保存的工作，看到他去了，有點驚訝地迎進他。羅剛在一把小沙發椅上坐下，聽朋友說：「我最近連著幾次做同樣的夢，你在夢裡向我走來，其實只是一團黑影，但是我知道是你，而且，你的臉上有血光。」

「那是什麼徵兆？是不是我要死了？」羅剛大聲笑著問。朋友並沒有當笑話，只是沉靜地看他。羅剛指了指桌上一本翻開的書：「剛才在看書嗎？請你隨便唸一段給我聽吧。」朋友站起來說：「我找本佛經。」

「不要，就要那一本。」羅剛再指那本翻開的書，「把我來之前，你正在看的一段唸出來就好了。我只是好奇，你平常都做些什麼消遣？」

朋友淡然一笑，拿起書，對著翻開的一頁唸道：「在滇藏佛教會中，有一小異事，有鄉人送一八哥鳥來放生，已能言，初尚食肉，皈依後教牠唸佛，即不吃葷，甚馴善，自知出入，日常唸佛及觀音菩薩聖號不少間，一日，忽被鷹搏去，飛在空中，只聞佛聲，雖以異類，盡此報身，生死之際，不捨唸佛——」

「好殘忍！」羅剛憤恨地打斷他，「信佛有屁用！我還差點上當呢。」

朋友靜默了幾秒鐘，才說：「這裡山間有一座廟，有一位法師很會講佛經，我們現在去看他，」

羅剛忽又失笑：「我今天只是來看你，其他，哪裡也不想去。」

朋友起來燒水泡茶，兩個人對坐著，一杯一杯喝茶。電水壺放在腳邊地上，朋友不時地把壺裡的水加滿，羅剛望著屋裡映一塊太陽，靜靜地坐一會，太陽影子就變小了。他問朋友關於修補古物、古畫的技術問題，聽朋友娓娓談著，那樣親切熟悉的聲音，卻在空氣裡一點一點淡化掉，一切都變得不真實起來。他看過的所有善良的一切都不真實，只有心裡的仇恨是實在的，痛苦的疏離感是實在的。他深深體會到他將要赴的遠程已經義無反顧，無論什麼都攔他不住了。

他在傍晚時分回到漆黑的公寓裡，燈也沒有開地往床上一躺，心裡想著明天要去銀行再提一筆錢出來，匯回北京家裡。沒有想到放洋留學金榜題名後，提供給他父母親的，將是哭天呼地的喪子之痛！想到這裡，他的心不由得一片一片地碎成粉末了！

到底，他最難捨的還是他逐漸老邁的雙親。

第二天，他像往常一樣大清早就到學校裡，但是轉一圈就出來了。五個月沒有發薪水給他，還要繼續上班嗎？現在，整個情況看起來是這樣的，根本沒有任用他這一回事，是他幻想學校有教職給他？他每天進進出出帶領學生做這個實驗、那個實驗，寫這個報告、那個報告，完全是他自己熱心奉獻？——他總算認清了學校裡從上到下那批人有多麼惡毒，他們一定看準了他沒有還擊的能力！但是，他們有沒有想過困獸的拚死一搏，往往相當驚人。

迪克告訴他，可以在黑市裡買到手槍，那個時刻越來越近了。他去銀行匯錢，他的名下只留不到一萬塊錢的存款，這筆錢他要在最後才寄出去。匯完錢，大半天也就過去了。時間這樣倉卒，從他手裡一分一秒地往下掉，碎掉，那種剎那間紛紛碎裂的無法捉摸的感覺，使他興奮起來！他幾乎是蓄意的，讓他自己整天這樣凝氣興奮著。

出了銀行，羅剛還是回到學校去，他一定要跟學校保持緊密關係，每一個研討會的時間、地點，務必要弄清楚，一定要比往常更投入才行。雖然他對於研讀了十年之久的物理學已經失掉興趣，更討厭物理學界按照學校分成幾大派，很皮厚地吹捧自己、攻擊對方，多麼讓人噁心！那不就跟他因為不肯按照葛爾茲的指示下結論，就被貶死一樣地沒有道理嗎？他實在厭煩透了！但是，也因為如此而特別虛心地坐在討論會裡，像一個隱形的陰謀家，看他們一群人熄了燈，天真地一張一張換幻燈片，一次一次地交換意見。燈影幢幢裡，最後，葛爾茲從座位上起來，很自滿地下他自以為是的結論，幻燈機的燈光成直角映在葛爾茲身上，他那一段發光的身體，透明似的暴露在那裡。羅剛坐在長桌的盡頭，開始幻想葛爾茲在說話當中，身體被射穿倒地的姿態。

他站起來模仿西部電影裡克林・依斯威特，兩手閒散地垂在腰間，然後兩腿一彎，以迅雷不及掩耳的速度掏出槍，射向葛爾茲教授，對準他的胸膛，一槍，兩槍，一定要當場射死他！那要在三步之內的距離，而且要在系裡的研討會上。如此，史密斯教授自然也在旁邊，還有楊華，要同時射穿他們。羅剛扣動扳機，他耳邊「砰！砰！」響著炸裂的聲音，葛爾茲、史密斯、楊華——一個個應聲倒地。周圍的同學一哄而散，都鑽到桌底下藏起來了，正好讓他通行無阻地飛奔到系主任辦公室，對準辦公桌後面的系主任一槍！然後跑過街到行政大樓——不能呆等電梯啊，走廊邊上的樓梯可能比較安全，校長如果不在辦公室，就是在會議室……，他想得亢奮異常，渾身哆哆嗦嗦地顫慄著。如果做愛的高潮在三秒間，他這一連串射槍行動之刺激，則遠在一切之上。他把整個過程再重新想過，一遍又一遍，研討會裡的長桌約二十呎，博士班的學生就是數得出來的那幾個人，通常一張長桌就坐滿了，不過，有幾個低班的學生常常參加討論，那就得坐兩張長桌才夠。葛爾茲教授如果不在正對面，只好繞過另一張長桌找他，那樣要殺他自然比較麻煩；但是，有一槍在手，什麼困難都可以解決。他要正面向他們發射子彈，他們有權知道是誰下的手；何況，如果他們竟不知道是他羅剛給他們判的死刑，他的報復也就不那麼痛快了。

明天就是一九九一年的十一月一日，物理系裡有一個重要的研討會，每個學生都花足了精神在做準備工作。唉，何必花那麼大勁去準備呢？什麼是物理學？騙了自己不夠還要去騙別人，那種騙人的東西就叫物理學。但是，羅剛還是決定到學校裡走一遭，要再把「現場」觀察一下，「一九九一，十一，一」，統統是奇數，他的上上大吉的好日子，就這樣選定了。

實驗室裡有四五個教授站在一起閒談，羅剛一眼看到葛爾茲教授和系主任，旁邊一個女教授見到羅剛立即高聲叫他：「請過來！羅剛才從博士班畢業，他是全物理系最優秀的學生之一。」她同時向羅剛介紹兩位外州來的專家，羅剛沒有聽進去，只靜靜地觀察葛爾茲臉上平靜的笑容。楊華這時走進來，葛爾茲立刻臉色煥發地說：「看看誰來了，這位是我最中意的模範生。」

羅剛從來沒有懷疑葛爾茲教授處處跟他過不去，是跟他身為中國人有關。但是，他內心雪亮，葛爾茲深恐落這種口實，因此特別對楊華加倍好，表示無關種族，完全是個人品質的問題，而楊華竟心甘情願被葛爾茲利用做武器來打擊他，啊！是孰可忍孰不可忍！羅剛壓抑住怒火，掉頭走開了。

他到辦公室裡坐一會，讓心情平伏下來，接著打了幾個公務上的電話。一個女生進來找他，討論她計畫要寫的論文。這個女生他已經注意很久，她經常在他眼前出現，憑直覺，羅剛知道那女生喜歡他；只是，她在他心境最差的時間出現，而且，見面的地點也始終不對。羅剛因此從未對她動念，這時卻興起的找一個空隙邀她：「我們另外找個地方談。」女生笑笑，沒有表示意見。羅剛放下手上的工作站起來：「走。」他帶她穿過靠內的一個彎曲的走廊，進入小儲藏間，裡面堆著一些辦公用品。羅剛把門在身後關上，再伸手把她拉近胸前，低頭吻著，他興奮起來，手在她身上撫摸。女生試著推開他：「不要。」羅剛沒有放鬆，加倍熱烈地吻她，女生用力掙脫開，奪門跑了。羅剛略整了整衣襟，跟著出去，到了外面，見那女生坐在走廊一張長桌上，兩腿懸空搖晃著望他。羅剛走上前說：「妳應該早點讓我知道妳不喜歡。」

「我以為你跟那些男生不一樣。」女生說。

羅剛笑起來：「不要傻了，男人對漂亮女孩的感覺都是一樣的。」說完，頭也不回地走開，他可沒有精神陪她談情說愛。國內一個女孩曾嘲笑他心胸狹窄，其實，他也有寬大的一面，都用在男女關係上了；對他來說，性和愛從未分家，性、愛來來去去，他從不強求，絕對寬容，該他的，他也僅帶走一點，向來不貪多。羅剛回辦公室收拾好幾件私人用品，裝進一個大信封袋裡，然後下樓去餐廳吃飯。吃過飯，看看時間五點不到，他坐兩站地下車到酒吧。不曉得盧薇絲下班會不會去酒吧裡？他想看一眼盧薇絲，看一眼就好。另外，他很想喝兩杯威士忌。他喝了不只兩杯，微醉中叫車到盧薇絲住的那條街上，找到大樓下面一個公用電話亭撥電話過去。「盧薇絲，妳站到窗邊讓我看看，我在對街的電話亭。」盧薇絲果然開窗向他揮手：「上來，格倫也在，上來喝一杯。」

「盧薇絲，我今天打電話是為了告訴妳，妳是城裡最漂亮的女孩。」羅剛說著，對她做一個飛吻，掛下電話。盧薇絲站在窗口看他，天已經有點暗，盧薇絲背後屋裡的燈是亮的，羅剛看不清她的臉，但是她牆上一幅油畫卻異樣清晰，他幾乎可以看清一筆一劃的線條。那幅畫是一個週末他陪盧薇絲在中央公園旁邊的地攤上買的。羅剛忽然感到淒愴，又一次，他認真意識到槍殺過人之後，他勢必要付出的代價。

回到公寓，迪克正要出門，羅剛面無表情地跟他打過招呼，即掩門鎖上。他最近在家裡唯一的工作一直是擦槍，不停地、一次又一次地擦。他的手掌在槍身每一寸地方都仔細地擦拭過，心裡有點好奇，到底曾經有過多少隻手用這把槍殺過人？那些殺人的和被殺的，肯定都是黑幫裡走私販毒分贓不均的仇殺；像他這樣一個物理學博士殺自己指導教授的例子，一定絕無僅有。為什麼事情會演變得這樣糟？為什麼？這並不是他原來期望的啊！他心上一陣絞痛，霎時放聲大哭出來，挖心掏肺地整個人痛哭成一團！忽然停住，心裡另外燒出一股怒火，使他揮起槍連砸桌子，砸爛它！砸爛它！砸爛它！……羅剛發現他的心臟隨著他的動作在顫抖著，漸漸地他全身每一寸肌肉都無法控制地顫抖起來。他強自鎮定著在槍匣裡裝滿子彈，槍於是更沉重了。他把槍供到書桌上，人跪在床上隔一段距離，不自覺地就伏下腰對那把槍拜三拜。他最後也要把槍口舉向自己，他會死在一間教室裡，一間異國的教室。他本來應當站在講桌後面，下面坐滿了崇拜他的學生的那麼一間教室裡。他最初以為憑他的聰明才智和努力不懈，會使他在這一片天空下名成業就，怎麼也想不到竟要在拿到博士學位的同時血染校園，親手弒師。天底下的人會原諒他嗎？他們能不能了解這並不是他的錯？如果學校裡的行政人員肯公平地對待他，如果他們肯對一個勢孤力單的學生付出關懷，他絕不願選擇這種非常手段來解決問題。他的心抽緊了，越抽越緊，緊緊地、緊緊地到了斷弦邊緣。黑夜這樣長，他希望這一夜永遠不要過去，他的名字因此不必跟「凶手」連結在一起！可是啊，這是他老早計畫好的呀，怎麼可以臨陣退縮？天還是快點亮吧，該來的，一定擋不住，天快點亮吧。

「一九九一年十一月一日，物理學博士，羅剛殺人。」他知道明天全美國所有大小英文報和中文報上，都會這麼寫。如果公平的話，報上也會同時發表他的「聲明信」：「我很遺憾不得不採取非常手段解決問題。物理系和校方一直圖謀孤立我，延擱我的控訴，這樣我可能被逼得自動離校，物理系主任和葛爾茲教授等人，因此可以繼續在學校裡逍遙，因為原告不在。我是一個物理學家，相信物質、能量和動量等永恆性，縱使我的血肉組成的身體似乎逝去，但是，我的精神仍是永恆，並且我將以量子式大躍進入世界的另一角。我只是在這裡做我應該做的事——糾正過去的冤屈錯誤。我以自己所取得的成就自豪，對馬上來到的遠程更充滿信心。」羅剛從床上撐起來，攀住窗沿，睜著一雙通宵未眠的火眼金睛望向窗外，天濛濛亮了。

起來漱洗完後，羅剛把一個平常裝筆記、書報用的帆布袋，倒扣在地板上拍了拍，清理乾淨，然後雙手捧起槍裝進袋裡，上緊拉鍊，他一手擱進懷裡，走到學校餐廳吃這一生最後的早餐。他喜歡美式早點，先喝下小玻璃杯橘子汁，冰冷的果汁順著晨起乾枯的喉管流淌進胃裡，然後慢慢喝下熱騰騰的咖啡。通常第一杯咖啡快喝完的時候，鹹肉條和炒蛋正好送到。他從來不在炒蛋上灑鹽，那種拿起鹽罐子往盤裡亂灑的人，真是該打手心！因為實在沒有任何一種早點，比煎得金黃的鹹肉條和加過牛奶打出來的炒蛋，鹹淡搭配得更完美和諧。

羅剛用叉子一口一口細細品嘗，時間一分一秒滴滴流走。餐廳裡學生漸漸多了起來，吵吵嚷嚷的，大清早吃飯也要吵吵嚷嚷，只因為吵鬧是青春的一部分。造反也是青春的一部分嗎？他今年二十八歲，精力充沛，身體裡面老像是有一股泉源，張大口，滔滔地要往外噴湧，就像這一刻一樣……，要可怕地張大口往外噴射。他又猛烈地顫慄起來，「哐啷」一聲，推開刀叉杯盤，快步走出餐廳。

陽光遍灑校園，他的腳步聲在植著楓樹、橡樹、檜樹的校園裡響過。踩過落葉，秋風在耳邊呼呼響，從科學大樓到行政大樓，他一路奔跑著。經過突然間奇異的空無一人的走廊，他手裡握緊槍咻咻喘息地奔跑著，額角沁出汗來，身上血跡斑斑。播音器裡面傳出急促的聲音：「請注意！有歹徒正在我們學校的大樓裡殺人！趕快把門鎖上！趕快把門鎖上！」他聽到他自己沉重的腳步聲向前狂奔，口鼻咻咻喘息！……小時候，他常常跑到北京城郊的雍和宮玩。雍和宮繞一圈圍牆，圍牆裡一片石板地，兩邊荒草沒膝，稀稀疏疏種著楊樹和松樹，滿地啄食的野鳥，在他跑過的時候成群飛散。廟裡的石柱多半在文化大革命裡被砸斷裂了，佛桌上空空的沒有佛像，一些斷腿斷臂的佛像倒在地上，統統被砸爛了；廟堂裡空空的，沒有和尚，沒有誦經的聲音、敲木魚的聲音；到處空空的，空空的庭院，空空的大殿！啊，神明、菩薩、觀世音，你們在哪裡？羅剛向大殿上一穿上黃色袈裟的影子奔過去——「法師！」他奮力喊。

播音器裡傳出：「凶殺現場經過斷定在科學大樓和行政大樓，警方推斷凶手已經自斃。」

這樣的未來

曙光乍現，映照雪地上盛開的杜鵑、石竹、蔦蘿、鬱金香……。基因改造的結果，一切植物皆在四季裡同時生長。人類因此可以在冰雪地上收割蔬果，和觀賞似錦繁花。每個大雪過後的清晨，艾琳都要起個大早，看社區工作的員工在樓下的花園裡鏟雪，看有些員工，站在升降梯上，拿著吹風機對花樹吹風，雪花夾著幾片花瓣紛紛墜落。那落花的光景，即便在崇拜永恆的複製人眼裡，也淒美至極。

這天早上，愛琳顧不得看窗下的景致，逕直到電腦前面等待看這一期中選的名單。這個三萬人口組成的小國寡民，每三年一次，以抽籤的方式，選出十對獲准生育的夫妻。艾琳跟唐森結婚十五年了，至今無緣進入那個幸運排名榜，而她只剩下五年的生育期。七點，名單準時公布。艾琳吸住氣一遍又一遍反覆查看，簡直不相信她怎麼會這麼衰！她對著走過來的唐森喊：「一定有人作弊！一定有人作弊！」

艾琳相信，只要利益當前的好事，一旦沾上人，其中必定有詐！

「小心妳的情商指數。」唐森微笑著提醒，把她從電腦前拉開，擁入懷裡，「大清早這樣抱抱，不比在電腦前面好？」

他們都是第一代複製人，根據記載，他們原是一對戀人。唐森的前身是頗富盛名的作曲家，經過複製之後，他的音樂細胞轉化成如今的音樂賞析兼音樂史學家。艾琳自己十分幸運，依舊保留在油畫布上揮灑自如的天賦。他們當初申請複製的時候簽訂下，要在這一世紀結為夫妻，以為這就成為永恆的戀人。

「等下一期吧，三年很快就會過去。」唐森接著說。艾琳知道唐森偏向繼續複製，但是，牛養過孩子的夫妻兩人，迫於嚴格的人口管控，需要放棄複製的權利。艾琳沒有把握說服唐森，甚至不清楚在下一世，唐森可還希望跟她有任何關連？

艾琳自己決定不再申請複製。一個複製人的壽命是一百六十年，她總覺得，如果當初複製的時候沒有絲毫失誤，唐森依舊是個才華洋溢的作曲家。如果，可以複製前世生活的記憶，複製會不會比較有意義？雖然上級不斷闡述複製使人類獲得永恆，但是沒有前世的記憶，複製的人生還是斷裂、蒼白的，何來永恆？這個宇宙裡壓根沒有永恆。

「我們的時代是這樣。」唐森說。這是唐森塘塞所有疑難問題的一句話：「我們的時代就是這樣。」艾琳瞬間失控地喊起來：「我們的時代怎麼樣？你知不知道我正在想什麼？」

「妳需要去生命中心調整情商指數。」唐森這次認真地說，「年深日久，妳的情商指數越來越鬆垮，需要讓他們為妳調整一下了。」

艾琳沉默下來，她了解唐森對於這個複製的時代，有他的感激之情。對於他們上一輩是戀人，延續到這一輩的夫妻關係，唐森十分滿意。艾琳懷疑，如果唐森的情商沒有經過調整，如果唐森依舊是個灑脫不羈的作曲家，他還肯安於這樣平實的夫妻關係嗎？艾琳推開唐森，問：「再回床上睡一會吧？還早呢。」

「不睡了。」唐森跟著艾琳到窗前，見工人登上鏟雪車離開，雪地上奼紫嫣紅，千朵萬朵盛開的花卉，映著晨光，美得好像隨時會自眼前破碎掉。那種短暫不可捉摸的感覺，似乎特別珍貴。但，那恰好是複製的時代獨缺的，永恆不再是死亡所獨有，生命就是永恆。整個複製人的時代，都在朝永恆的路上直奔。這個世上再沒有無法彌補的遺憾，再也沒有肝腸寸斷的別離。

「艾琳，我們可以在一起百年，複製後又三個百年、四個百年，這樣天長地久的兩人世界，還有什麼不滿意？」

愛琳聽著唐森的囈語，微微綻開笑臉，兩手捧起唐森的掌心，把整張臉埋進去吻了一下。她在複製前經過調配的情商，使她勉強安於眼前這般恆定的狀況。如此，一場幸運夫妻排名檔的風波，一吻結束。

唐森上班後，艾琳習慣性地查看這一天的工作表。十點到一點的社區服務，她一連三天圈選的都是博物館裡古文物修補的工作。這種工作總是隨要隨有，但是給幸運夫妻抽籤的工作，她申請了二十年，卻只輪過一次，還是十五歲那年，她極傻氣地，根本看不出那抽籤有何關鍵性？仔細回想，當時參與工作的十五個學生，也沒有誰認真當一回事。大概這就是上級需要的，以避免舞弊情事發生。但其中必有舞弊，必定難免。只是暫時沒有被揪出來而已。她發誓非要去跟上級拚一下。

艾琳到衣櫥裡揀出她的工作服——咖啡色，她的衣服只有一種色調，深淺各種暖暖的咖啡色是她的最愛。既然一個人四季衣裳不能超過十六套，她乾脆只穿一個顏色。她知道不少女性設計師，為穿衣的問題跟上級爭鬥不休，她可從不為衣食住行傷神。對於生在超新時代裡，需要謹守的各種節慾的規定，譬如：只吃一點、只有不多兩件替換衣服、只有公車沒有私車、只有穩定的夫妻關係等等，艾琳都能毫無異議地跟進。她實在很安於生存在這個一切講求精簡，卻同時追求永恆的時代裡。

穿好大衣，從三樓下來，到大門前上巴士。人口局距離博物館很近，她從博物館下班之後正好跑一趟。

人口局的走廊上空無一人，一間接一間緊閉的辦公室，沒有一間標明局長室。艾琳尋尋覓覓的，只好搭電梯再上一層，艾琳懷疑這有意在消磨來訪者的鬥志。電梯門一打開，迎面竟過來兩個警衛，其中之一問：「妳找誰？」

「找局長。」艾琳妥妥地站在那裡，內心難免恐慌地自問：「局長是想見就能見的嗎？」裡面出來兩個祕書模樣的男女，女祕書對她一笑：「請跟我來。」她們迂迂迴迴又進入一個小房間，裡面坐著一個深膚色的女性主管，招呼艾琳在她對面坐下。經過這一連串陣仗，艾琳原來一股銳氣，已經挫折大半。女主管和顏悅色地告訴艾琳，登記預約要見局長的人，已經排到下半年。如果事情急迫，可以先跟她談，她會設法幫忙。

艾琳腦海裡迅速整理出一段話；「我計畫寫一本書，從人類怎樣開始節育，到如今，有效地控制人口的複製人時代，每三年一次的抽籤制度特別重要。我需要訪問替幸運夫妻排名榜抽籤的所有學生，他們有些像我一樣已經是成年人了。」

艾琳說到這裡，等待答覆。

「好，妳去六〇七室，他們在等妳。」女主管淡淡地說完，進來一個男祕書領艾琳出去。他們搭電梯到六〇七室，艾琳發現那是一個放映室。正疑惑間，已被請入座，室內轉而漆黑一片。螢光幕上出現「結束近古時期」幾個大字，接著看到美麗、恬靜的野鹿擠得滿坑滿谷到處都是，無辜地湧向公路，一再造成連環車禍；破曉時分，獵人追蹤前進，忽然槍聲齊鳴，鹿群倉皇間相互擠壓無處奔逃，一起中槍倒地，血流成河。艾琳在黑暗中大聲問：「為什麼讓我看這些？以為誰是白痴！不知道拳頭大的人比較厲害嗎！」

銀幕上出現兩個大字：「肅靜。」之後跳出兩行小字：「注意情商指數。」又是情商指數！艾琳感到彷彿拳頭打在棉花上，她按捺住性子繼續觀看。黑暗中浮現出城市的大小角落，成群狗兒在夜深人靜的大街小巷湧現，遠處的捕狗大隊分乘幾十輛大卡車，蓄勢以待。狗吠聲此起彼落，大卡車列隊前進，剎車，捕狗隊的隊員無聲下車。倏忽間，探照燈、警棍、電擊棒齊出，把驚恐慘嚎的狗群追打入大卡車裡，狗兒們一層一層堆壘塞滿，卡車自動上鎖，在一片狂亂的狗吠聲中卡車列隊揚長而去。到大水塘前停下，卡車裡的鐵籠由車尾伸出來，迅速地一籠一籠沉入水底，歸於寂靜。好個做案的手法！乾淨俐落無比。

艾琳從座位上跳起來，往外直衝。忽然燈光大亮，映照艾琳淚痕狼藉的臉，卻見放映室裡除了一片慘白的燈光之外，空無一人。還以為正面臨世界末日的艾琳，走到門外，暗想白己天大地大滅頂的感覺，見光之後，竟微不足道得不如一粒小小的芝麻，不由得失神。

男祕書走上前，說：「妳還沒有看完。」他們默默走過一間接一間的辦公室，男祕書最後站定說：「人類也自相殘殺。因為生命氾濫如草芥。」

「這是最新的研究報告嗎？為什麼當新聞來告訴我？」艾琳撇嘴笑笑。

男祕書沒有回話，僅在一扇敞開的門前做出「請進」的手勢，裡面立刻過來一個大鬍子男人，手上拿著一份報告，直截了當問艾琳：「妳的個人資料顯示，妳每年不斷申請參與幸運夫妻抽籤的工作，妳明知道那是十六歲以下男女學生的作業。難道妳對我們的社會不滿？」

艾琳還算鎮定地回答：「我知道幾對被抽中的夫妻結果棄權，他們選擇再複製。為什麼那些空出來的名額，不能由我和唐森補上？」

「二十多年來，全國最盼望上幸運夫妻榜的人是我，為什麼從來輪不到，是我運氣太差嗎？或是我的存在根本毫無價值？我要搞清楚。」

「妳的運氣不像少數人，像那兩三萬人。」大鬍子簡單說完，推開裡面又一扇門，「局長特別撥時間見妳。」

一位頭髮銀白卻神采奕奕的百歲長者，在方桌後面招呼她：「請坐。」

「妳是第一代複製人？」局長問。

「是的。」

「妳的前世是做什麼的？」

「她是小有名氣的畫家。這是社安處留下的基本資料，我對她所知不多。複製的結果，沒有留給我任何記憶，但完整的保留她的藝術細胞。我的先生唐森則不然，上一代他是有成就的作曲家，如今是音樂史、音樂賞析家。」艾琳說：「我不滿意這樣的狀況，但是，生養一個我和唐森的孩了可以彌補。」

「現在的問題是，妳和唐森的情商指數相差太多，唐森已經申請再複製，他不能填補空出來的幸運夫妻榜。」

「他什麼時候申請再複製了？」艾琳驚訝地問。

「艾琳，我已經安排妳後天早上八點去生命中心報到，妳迫切需要調整情商，情商穩定之後，　切就順過來了。」白髮局長說。

「你們大家都誤會我了。」艾琳苦惱地垂下頭，瞬間又把頭抬起來，「譬如現在，這一刻，我內心非常激動，恨不得砸掉眼前的一切，可是局長您看得出來嗎？我控制得這麼好。」

局長略沉吟：「我們的社會因為一切限量，每一個生命因此都非常珍貴。妳和唐森的問題我們會重視。」局長說到這裡，轉而輕鬆地問：「妳今天早餐吃什麼？」

「一杯水、一杯咖啡、一片蜜瓜。」

「昨天晚餐呢？」局長再問。

「一片煎魚、三匙玉米、四匙青菜、半杯白酒、一匙冰淇淋。」艾琳據實以告。

局長點頭：「妳做得很好，妳是好公民。」

「謝謝局長。」

「幸運夫妻全憑抽籤，這點我幫不上忙，不過你們可以去精卵儲蓄中心申請儲存，將來如果限制放寬，你們就可以生養孩子。」

「如果等到我們百歲，如果我被調整成了鐵石心腸的複製人……」艾琳說不下去了。

「全憑你們自己決定。」局長放緩聲音接下說，「因為每一個生命都必要像稀世奇珍被寶愛著，因此你們受到的折磨，我要送一個保證你們一定喜歡的禮物做為補償。」

艾琳勉強一笑，站起來告辭。

大樓外，嚴冬微弱的陽光軟軟地照耀著，無風無雪，大街兩邊一排蟹蘋果樹，這時結滿一顆顆紅豔豔比櫻桃還小的果子，等果子熟透落盡，將再次綻放滿樹繁花。艾琳走過樹下，順手摘一顆蟹蘋果放入口裡，酸酸甜甜的滋味十分耐嚼。

她想到唐森曾經說過：「我們可以自己設立一個資料庫，記錄我們的所思所想，請專人為我們保存。等下一次複製，就可以還原多半的記憶。」艾琳猶豫著，不知道要選擇記憶，或遺忘？記憶上一輩子不為人知的內心世界，也許很殘酷？艾琳左右為難。

唐森在她之前回家，艾琳一進屋，唐森立刻難掩喜悅地拉她進入小房間，待走近看清，艾琳驚訝得張口結舌，小心地跪到地上，愛撫只有拳頭大、雙眼半張好小的小狗貝貝，旁邊一張卡片上書：「每一隻狗都有兩歲到三歲嬰兒的智商，請君珍惜。人口局贈。」

特別收錄

愛・我的狗狗

小時候在南台灣太子宮的老家裡，每到吃飯時間，總有幾隻村裡的狗適時出現在我們的飯廳裡，徘徊於桌椅之間吃一點剩飯剩菜。牠們多半被趕出去，出去之後，稍有擋路，一定被一腳踢開。這是我最初認識到的狗的宿命。後來隨著父親的工作搬到屏東，家裡開始養狗，到了晚上狗就拴在門口一棵樟樹上，然後一天早上開門，樹下只剩狗鏈。風聞夜市裡很多人吃狗肉，原來狗是食物。搬到台北後，我央求父親再養狗，父親說門外沒有地方拴狗。我雖然看狗們可憐，卻也認定狗屬於屋外。所以，再沒有想要自己養狗。來到紐約，住在中央公園旁邊的時候，我的一個鄰居潔西卡，有一天，忽然帶著她的大狗來按我的門鈴，她淒慘兮兮地問：「這狗送妳好吧？」我怔怔地望著那條好大的捲毛狗，那是一條白底大塊黑斑的牧羊犬，是條母狗，但是潔西卡叫牠莎士比亞。「牠是純種的英國牧羊犬。還有血統書，喏，在這兒，妳就收下吧。」我知道潔西卡剛離婚，馬上要搬家去德州，無法繼續養這條莎士比亞，可是我自己每天工作量很大，也沒有閒情養狗。「哎，妳就收下吧。」她不容我猶豫，迅速把血統書和狗鏈一起塞入我手裡，轉身走了。

我猜她已經試過很多鄰居，一定是沒人要。我曾經聽一個挪威來的女生說過，她小時候家裡的母狗生了五隻小狗，小狗軟綿綿、熱呼呼眼睛還沒睜開，她父親叫他們兄妹幾個抱著小狗到左鄰右舍挨家挨戶地問：「可有人要養狗？」結果沒有人點頭，她父親於是把小狗一隻隻摔死到牆壁上。這條莎士比亞再沒有人領養的話，想來也不會有好下場，在美國大多是安樂死吧。對這些歡蹦活跳的狗們來說，安樂死可不安樂。我只好把莎士比亞帶進屋裡，安頓在廚房一個角落。雖然乍換主人又變更環境，才兩歲的莎士比亞卻很有大家風範地鎮定自如。那夜，我因為有大狗護家，睡得特別香。次日上班前，我把一碗乾糧和水放在莎士比亞身邊，拍拍牠的頭，牠柔順地張著圓眼睛回望我。「乖乖的啊，等我回來唸詩給妳聽。」

傍晚回家，門後迎面就是廚房，那被我刷得很乾淨的地面赫然大坨狗屎，旁邊一袋垃圾被撕咬得散了一地。我大步過去，一邊痛罵：「爛蛋！爛蛋！妳怎麼可以這樣對我？」莎士比亞的眼裡居然還裝滿無辜，我更火大地嚷嚷：「聽不懂中文？Bastard! Why do you treat me like this?」拳頭紛紛落在牠龐大又蓋滿捲毛的身軀上。莎士比亞大概吃喝拉撒得太滿足了，既不閃躲也不吭聲。我不知還能怎麼懲罰牠，只能立刻蹲下去清理現場。心裡慢慢平靜下來，怪自己沒有想到除了餵食還需要遛狗。這下想到就立刻做咯！我帶著莎士比亞出公寓大門，牠左右一陣亂竄後，開始拖著我奔跑起來。雖是閨秀，卻力人無窮地越跑越快，拽住我跑過兩條街，我幾次要仆倒，狗鏈終於脫手而飛，莎士比亞揚長而去。在下班時段的大街上，我看著牠消失在街頭。「怎麼辦？」我心慌地朝前走去，不知要怎麼辦。不要這條臭狗了？可是不行啊，牠會死掉！……未必，牠未必一定死掉，會有人收留牠，會有人收留牠！……我真希望快點意志堅定地捨下牠。就這樣，內心爭鬥著呆走了一陣。一個大男生拉著莎士比亞跑過來，我不由自主地近前，聽他問：「這是妳的狗嗎？牠差點跑到街當中。」勉強謝過他，我拉住狗鏈正要轉身，一個路過的婦女停下腳非常嚴厲地對準我：「妳怎麼可以任妳的狗在街上跑？這是非常好、非常漂亮的狗，妳要害死牠嗎？妳不配養狗。」

我被她罵得一頭霧水，反問：「那妳自己呢？妳配不配養狗？」

那個看來五十好幾的婦女略微和緩下來：「我家裡的狗常常跟我們一起睡覺，而且每天跟我女兒一起睡。」

哼，還有這種事？我不以為然地拉著莎士比亞回家。

莎士比亞不久轉送給一位退休的小學老師，他歡喜得回送我一大盆波士頓羊齒，養狗這件事總算善終。

十年後，終於養了我自己的第一隻狗，法國種的 poodle，我跟隨潔西卡的名人模式叫牠戴高樂。戴高樂初到我們家只有三個月，可以平躺在我的兩手心裡。乍到第一天，我按照老規矩把牠關在廚房，我一進廚房，牠就搖擺著小身子臥到我腳背上，那個柔軟乖巧立刻把我征服。可是，夜裡孤單在黑暗的廚房，牠卻不依不饒地哭起來，哭得聲嘶力竭，我狠心地硬是不過去看牠。次日遛狗，請教一個也在遛狗的婦女，她建議把戴高樂的睡墊移到我的臥室門口，牠看得見我的地方。這個辦法不錯，可是我的聰明的小狗啊，終於有一夜得寸進尺地跳到我腳邊，再也趕不下床，如此，我也成了跟狗一起睡覺的人。

戴高樂每日清晨六點半準時起床，「汪！汪！汪！」奔跑於樓上樓下每一間臥室，既喊又舔，熱情洋溢地喚醒每一個人；平日裡則臥在窗台，望眼欲穿地等候我們回家；到了晚上看電視，小不點的牠非得霸住一把椅子，我非要趕牠下去，總把牠氣得張牙舞爪對我直咬，卻從來沒有忍心真咬下去。戴高樂正式成為我們家中的一員，兒子在學校裡畫「我的家庭」，從來少不了牠。牠也不時出現在我的散文和長篇小說裡。記得父親逝去後的一天，我一個人坐在屋裡哭起來，戴高樂聞聲進來，驚慌地趴在我膝蓋上不斷舔我的手心、手背，再跳到我身上舔去我滿臉的淚水，使我瞬間忘掉哭，整個融化在牠純真的摯愛裡。牠陪伴我們十七年，骨灰安置在車庫的窗台上，對著外面牠最愛的巷路，我告訴兒子：「將來把戴高樂的骨灰跟我的埋在一起。」兒子小心地應：「那要等很久、很久以後。」

我現在的廚房有一大扇落地窗，窗邊的大磁缸裡除了麵包、蘋果，還有一大袋鳥食和一大袋貓食，是我為光臨後院的野鳥、松鼠、流浪貓、野火雞和鹿們準備的，這是養過戴高樂之後發展出的愛，是當年從那個街頭婦女那裡領悟出來的：動物可以是寵物，是家庭成員，牠們有幼兒的智慧，有喜怒哀樂。這些，更早之前的我，並不知道。

註：本文寫於一九九七年。收編於海外女作協的年度文集裡。養狗這件事，既影響我的人格，也很深地介入我的寫作裡，卻是我的新書《口罩與接吻》的漏網之魚。特別收錄於此。（二〇二三年五月二十六日）

文學小說類　PG2970　秀文學55

法拉盛的紅玫瑰

作　　者／陳漱意
責任編輯／洪聖翔
圖文排版／黃莉珊
封面設計／王嵩賀

發 行 人／宋政坤
法律顧問／毛國樑　律師
出版發行／秀威資訊科技股份有限公司
114台北市內湖區瑞光路76巷65號1樓
電話：+886-2-2796-3638　傳真：+886-2-2796-1377
http://www.showwe.com.tw
劃撥帳號／19563868　戶名：秀威資訊科技股份有限公司
讀者服務信箱：service@showwe.com.tw
展售門市／國家書店（松江門市）
104台北市中山區松江路209號1樓
電話：+886-2-2518-0207　傳真：+886-2-2518-0778
網路訂購／秀威網路書店：https://store.showwe.tw
國家網路書店：https://www.govbooks.com.tw

2023年9月　BOD一版
定價：250元

讀者回函卡

國家圖書館出版品預行編目

法拉盛的紅玫瑰 / 陳漱意著. -- 一版. -- 臺北
市 : 秀威資訊科技股份有限公司, 2023.09
面； 公分. -- (文學小說類；PG2970)
(秀文學 ; 55)
BOD版
ISBN 978-626-7346-10-5(平裝)

863.57 112011451